U0093256

YOUNG AGE小說鮮視界！

YA!

青春滿點！活力滿載！好看滿分！

香月日輪

妖怪公寓

1

妖怪アパートの幽雅な日常

佐藤三千彦◎圖
紅色◎譯

歡迎光臨 妖怪公寓

角色介紹

妖怪公寓：

又稱『壽莊』，是一棟看起來非常古舊、彷彿隨時會倒的老房子。在這棟房子的結界內，原本看不見的東西會變得比較容易看見，原本摸不到的東西也會因此而摸得到。好幾層次元在此重疊、交錯，也因此，這裡變成了附近所有妖怪的『社區活動中心』！

房東先生：

長得像顆特大號的蛋，矮胖的身體上卻有一對細小的眼睛。黑不溜丟的身上穿著白色和服，還纏著紫色的腰帶。而從袖口伸出來那小得不能再小的可愛雙手上，抓著寫有租金的大帳簿。

【一〇一號房】麻里子：

性感的美女幽靈，有著大大的眼睛、可愛的鼻子，身材好得讓人噴鼻血！但因死了太久，常忘記自己是女人，全身光溜溜地走來走去。

【一〇二號房】一色黎明：

人類。他是詩人兼童話作家，作品風格怪誕，夕士是他的頭號粉絲。他有一張有點痴呆、像小孩的塗鴉般簡單的臉。

角色介紹

【一〇三號房】深瀨明：
人類。他是畫家，養了一隻大狗西格。他常常全身上下裹著皮衣、皮褲，騎重型機車，以打架為消遣……不管怎麼看，實在都像個暴走族。

【二〇二號房】稻葉夕士：
人類，条東商校一年級新生。國一時，爸媽因車禍過世了，夕士從此變成孤兒，個性也變得很壓抑。唯一的死黨只有與他個性完全相反、外向開朗的富家少爺長谷泉貴。

【二〇三號房】龍先生：
人類，是莫測高深的靈能力者，妖怪見了就怕。他看起來永遠都是二十四、五歲，身材修長，一頭飄逸長髮束在身後，是個非常有型的謎樣美男子。

【二〇四號房】久賀秋音：
人類，鷹之台高校二年級生，兼當修行中的除靈師。個性活潑開朗，食量奇大無比！看起來是個普通的美少女，但是兩三下就能把妖怪清潔溜溜。

目錄

夕士 …… 011
壽莊 …… 039
妖怪公寓的居民們 …… 069
小圓和小白 …… 125
另一邊 …… 189
能讓我說『我回來了』的地方 …… 209

幽靈啊、妖怪什麼的，我連看也沒看過，它們究竟存不存在，對我來說也沒有意義。

在我還是個小鬼的時候，可能曾經相信過世界上有那種東西啦！不過我從來不覺得有什麼好恐怖的，也完全沒興趣。

不說這個了。我現在的腦袋裡可是堆滿了現實問題呢！

爸媽過世三年後，我終於可以脫離寄宿親戚家的日子了——因為我考上了一間有宿舍的高中。

我想接下來的日子，應該會變成粉紅色的……還不到那種程度啦，不過至少會比先前的日子好得多吧。而在那天來臨之前——

決戰的地點是在火車鐵軌下方的涵洞。雖然很普通，不過我想這裡還是最棒的地方，因為沒什麼人會看到。

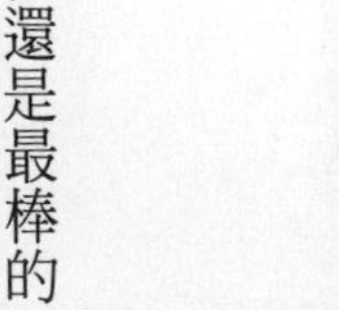

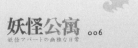

『我早就想打扁你那張醜臉了，長谷。』

我把上衣脫掉、扔在一旁，嘎啦嘎啦地壓著手指關節。長谷露出他一貫的沉穩表情，像平常一樣哼哼笑著說：

『我也早想和你幹一場了哦！稻葉。』

長谷把脫掉的上衣整整齊齊地摺好，放在書包上面，然後面對著我側身站定，伸出右手揮動著手指頭。哦，就是那個，勞倫斯費許朋❶在電影『駭客任務』裡面練習功夫的時候擺出的姿勢。咦？那部電影好像是我們兩個人一起去看的吧？很好看呢……

『看樣子我就是基努李維囉！』我一邊說，一邊朝著長谷跳過去。

『還真敢說啊！』

長谷高興得躲開身體。我們兩個人幾乎是用盡全力在互毆。

❶勞倫斯費許朋（Laurence Fishburne）在電影『駭客任務』中飾演地下自由鬥士組織的領袖莫斐斯。

有幾班火車從頭頂上飛馳而過了呢？

我和長谷在草地上躺成大字型，看著被夕陽染紅的天空。全身上下痛得要命，嘴巴裡面還有苦苦的味道，不過幸好我們兩個人的牙齒都沒事。

『……恭喜你考上条東商校，稻葉。』長谷突然說。

『你才是……擠進那間升學名校了耶，根本就是保證進東大了嘛！你又朝著超級精英商人前進一步了。』

『嗯……你也是。』

『嗯。』

我坐了起來。

『雖然沒辦法變成你那種超級精英，不過我還是會在商校裡面學學簿記啊、電腦什麼的技能，成為有實戰能力的商人。我想我應該會比你早出社會吧，到時候你就是我的後輩了呢！』

我咧嘴一笑，不過長谷卻露出一個不太放心的笑容。

『你沒問題吧……』

『擔心你自己吧！小心別暴露了身分哦，長谷。以頂尖成績考進升學名校的大公司重要人物的兒子，其實在國中時代是「角頭老大」……現在不是很流行這種話題嗎？』

我們放聲大笑。火車發出震耳欲聾的聲音從我們頭頂上呼嘯而過。

我們兩人握手道別。

從小學三年級就開始跟我廝混的超級好朋友長谷，在這裡和我分別了。我們各自朝著不同的高中、不同的世界前進。

他是一直支持著喪親的我的摯友。有錢、頭腦好、背負著眾人期待的長谷，理所當然地考上了市內的名校。雖然這不是生離死別，可是一想到我和長谷接下來即將踏進的世界天差地別，就突然讓我覺得有點惆悵。

然而此刻，和好友別離的寂寞遠不及我心中的喜悅。

我考上有宿舍的高中了。

我終於可以離開住了三年的親戚家了。我的世界應該會有很大的改變吧！

這是放榜兩天後的事情。

夕士

惠子伯母看到帶著一臉瘀青回家的我，睜大了眼睛。

『夕士！你的臉怎麼了呀？』

『哦——有人恐嚇我。不過我逃掉了，沒事的。』

我牽動嘴角，露出一個跟往常一樣的敷衍微笑之後，就打算回到自己那間四疊半榻榻米大的房間裡去，結果伯母拉住了我。

『等一下！夕士，不好了！』

『啊？』

在客廳裡，我從博伯父口中聽到了令我無法置信的事情。

『什麼……宿舍發生火……火火火、火災?!』

『聽說全部燒毀了哦！』

了哦、了哦、了哦……伯父的聲音在我的腦袋裡轉個不停。

一片空白。我的頭腦裡一片空白。就算理解了伯父說的話，我覺得自己的心還是不肯接受。我的胸口附近結了硬塊，就好像在保護著心臟不要受到現實的殘害似的。腦內的神經全數麻痺，似乎拒絕傳達『感覺』這種東西。

『好像至少得花上半年重建的樣子。那在蓋好之前……你要通勤嗎？』

伯父露出苦笑。這一瞬間，我恢復了神智。誰還忍得下去啊！我反射性地這麼想著。

『不……！我會想辦法的！』

要想什麼辦法？我一邊走出客廳，一邊苦思著。坐在廚房的椅子上看著這裡的惠理子，露出了明顯的嫌惡表情，讓我火大得要命。

我沒有回去自己的房間，反而直接衝出大門。

不能待在這裡。我也不想待啊！我幾乎要這麼大喊出聲了。

『可惡！搞什麼啊……為什麼會發生這種事情啦！畜生！』

就在剛剛，剛剛我才跟我最好的朋友說了『沒問題』的，我才想著自己可以帶著全新的心情展開新生活的。

『畜生！』

我無法控制心中狂亂的情緒，無法壓抑想要打爛什麼東西的衝動。我只是一直狂奔，毫無目的地狂奔著。總之，我就是想去某個地方，除了這裡以外的地方。

我，稲葉夕士，今年考上了条東商業學校。

知道自己考上的時候，我高興到不顧別人的眼光高聲喊了三次萬歲。条東商校是一所畢業生就職率不錯的學校，還有宿舍。我可是超級想唸這間學校的。

我的爸媽是在我國中一年級的那年春天同時過世的。他們去參加朋友的告別式時，在回程碰上了交通意外。

第六堂課的時候，學校的辦事阿姨鐵青著臉跑來叫我。不知道怎麼搞的，那時阿姨的額頭上那三條深深的皺紋，我竟然到現在都還記得。

我無法理解發生了什麼事。這種事情怎麼可能發生在我身上呢？應該只是一場夢吧！我一次又一次這麼想著。

比起悲傷、難過什麼的，我更擔心接下來自己該何去何從。

我可能拒絕『傷心』了吧！如果傷心的話，就等於承認爸媽死了……

從那天起，我就住進了親戚家。

博伯父和惠子伯母都不是壞人，不過他們很明顯地表現出『照顧我』這件事情對他們來說是非常重的負擔。事實應該就是如此吧——突然多了一個小孩。要是這個小孩有一大筆遺產，他們還樂得輕鬆，可惜在那種一吹就飛走的中小型企業裡上班的雙親，留下的遺產能有多少，大家也就避而不談了。伯父他們會覺得照顧我很虧也沒辦法，這我還知道——即使我只是個國中生。

更糟的是，伯父家裡有一個因為準備高中聯考，而讓原本纖細的神經更加緊繃的獨生女惠理子。

倒不至於因為我到她家住就害她高中聯考失利，不過沒想到惠理子竟然這麼討厭我這個突然闖進青春期少女家裡的男生。可是，這應該也是理所當然的，我可以理解。就算是真正的家人，女生也是很難搞的。

要說討厭，我也不輸給她。那種只因為我是男生就討厭我的女孩子，我哪裡知道該怎麼跟她相處啊？所以我只能盡量小心，不要刺激到惠理子。結果這三年來，我們竟然沒有正常地對話過。

『我要考上有宿舍的學校，然後離開這個家！』

支撐著我的，就只有這個決心而已。

条東商業學校有宿舍。我要學會一技之長，然後出社會獨立。知道自己考上的時候，我真的覺得自己朝著這個夢想前進了好幾步。

『可是現在，到了現在……畜生！搞什麼啊?!』

我繼續在夕陽西斜的街道上遊蕩。跑著，走著，然後再跑。我覺得只要一停下來，可能就會沒有辦法再動彈了。

『你沒事吧……』

長谷的聲音不知道從哪裡傳了過來。我好想把所有的事情都告訴說著這句話跟我道別的摯友，但是我不能這麼做。

思緒徘徊在『認真解決問題』和『船到橋頭自然直』之間的我，好像一發生什麼事情，頭上的緊箍就會自動脫落，我也會跟著暴走一樣。那個唯一支持我的朋友，在國中時代已經照顧我三年了。

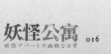

不能對任何人說的白痴話，我只能對長谷說。他總是一言不發，不管我要說多久、要說多少，他都會一直聽下去。長谷也只會在我面前表現出真實的自己。我們彼此都是對方唯一能夠坦誠相對的人。

長谷聽我說白痴話、借我書看，然後若無其事地請我吃東西。我不知道兩個人胡扯閒聊的時光，究竟帶給了我多少活力。

但是，那傢伙已經不在我身邊了。就算開學了，長谷也不會出現在那裡。我得一個人好好過下去才行。

『竟然會發生這種事情……竟然到現在才給我發生這種事情……！』

和長谷握手，感覺好像是很久以前的事了。

『怎麼辦……』

我突然發現自己搭上了火車。這是開往条東商業學校的鷹之台東線。

列車喀噠喀噠地穿過沉浸在暮色中的街道。

住宅區裡的燈火讓我的心情低落。現在，燈火下方是不是有一家人圍著餐桌享用著晚餐呢？小孩子是不是在期待著爸爸帶禮物回來呢？而我卻連這種再平凡不過的事情都沒辦法體會。

『爸……媽……』

我竟然到了這種時候才開始想哭。這麼說來，自從爸媽過世的那天以後，我就沒有再哭過了。我覺得自己似乎就這麼渾渾噩噩地活到了今天。

『但是啊……就算現在哭了……』

和苦笑一起迸出的沉痛嘆息，落到了我的腳邊。

混在趕著回家的人群當中，我在鷹之台東站下了車。

接下來的日子，我就會像這樣每天在這個車站上下車嗎？明明進了宿舍就不用做這種蠢事了啊！這麼一想，又讓我深深地嘆了口氣。

然後就在這個時候，我看到了一大堆黃色的旗子。那些旗子上面用紅色的字寫著『金金屋』。

『金金屋……』

我的腦海中流過電視廣告歌曲。♪公寓、大廈、別墅。找房子就找金金、金金、金金屋……

『對了！我來租房子吧！』

這一瞬間，我真的覺得這是個絕頂聰明的想法。我衝進了金金屋，然而金金屋業務員的態度，卻讓我認清了現實。

『在這個車站周邊，房租……盡量便宜一點？能不能麻煩你寫具體一點啊？』

金金屋的業務員比對了一下我的臉和我填的表格之後，哼笑了一聲。那張帶著客套笑容的臉，看起來就好像說著『現在怎麼可能還有空房間啊？蠢蛋！』似的。業務員看我是個小孩子，就瞧不起我，而且他好像根本不在乎我會不會感受到他的輕蔑。接著，他又露出了一眼就看得出來是在作戲的客套笑容，繼續對我說：

『找房子要在一個月之前就開始選了，因為現在是開學、人事異動和換房子的時期嘛！現在這個時期已經結束了，所有的房間也都住滿了哦，就是這樣……什麼？您的預算是兩、三萬嗎？哎呀，這真是讓人傷腦筋呢！哈哈哈……』

業務員一邊翻著空屋表，一邊逐一指著房租的部分，誇張地說：

『你看，這個也是、那個也是，一個房間要五萬元哦！客人，您也真是的，不要搞不清楚狀況又想找既便宜又帥氣的房間嘛。要聽明一點……』

隨著業務員的話，我的心情也漸漸低落，完全無法在那裡待下去了。因為我知道這個業務員用這種白痴得要命的詳細解說方式，只是要告訴我：『臭小鬼，沒錢還想一個人租房子啊？』雖然很不甘心……但是他說得沒錯。就在我這麼想的時候，我知道自己抓狂了。

啪！我扯住業務員的襯衫前襟。

『咦……』業務員倒抽了一口氣的同時，椅子也跟著發出一聲巨響，翻倒在地上。

在場的其他業務員全都靜止不動，我則拚命勸阻自己的身體——冷靜！要冷靜！然後我的右手放開了業務員的襯衫。

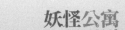

『對不起，不用再介紹了！』

我又衝出了金金屋。

好不甘心、好沒出息、好難過，我什麼都搞不清楚了。我又邁開了步伐，開始往前走。

『不要停下來，不准停下來。一停下來的話……』

不知道為什麼，我的眼前黑成一片。

冷靜下來之後，我的心情更是沉到谷底。我徹徹底底地知道自己是個無能的毛頭小子，誰也不會伸手幫助我的。我真的好想大哭一場。

其實，不過是晚個半年住進宿舍而已。可是我對『突如其來的厄運』有著非常強烈的抗拒感——因為當初爸媽過世的時候，我也是這樣。

現在，和那個時候一樣的情緒向我襲來，靠自己的能力什麼都辦不到的這個事實，讓我只能手足無措地茫然呆站著。

想不出任何辦法的我，最後終於在公園裡的長椅上坐了下來，無法再動彈了。

在完全暗下來的公園裡，我獨自抱頭苦思。

我現在只想靜一靜，什麼都不去想。就算想到什麼，也都只是不好的事情而已。悲憤交加的我，快要忍不住即將奪眶而出的眼淚了。我一個人度過了多少個像這樣自己陪著自己的夜晚呢？什麼話都不能對別人說，連哭泣都沒辦法。

我說得有錯嗎？我要跟誰說什麼？有人會為我做什麼嗎？我要是又哭又鬧地耍脾氣，又能怎麼樣呢？爸媽會回來嗎？

『畜生……』

我用力閉上眼睛，咬緊牙關，在黑暗中一個勁地強迫自己什麼也別去想。

不知這樣過了多久，突然耳邊有個聲音響起：

『小哥，你在找房間啊？』

是個小孩的聲音。我沒心情抬起跟鉛塊一樣重的頭，只睜開了眼睛，然後我看到了一雙赤腳穿著運動鞋，看起來像是小學生的腳。

『金金屋不行啦！那裡會歧視客人。你去那家店看看嘛，一定會有好房間的喲！』

那家店？我反射性地抬起頭來，結果看到正前方有一個招牌：『公寓、大廈、寄宿、有空房』。我不禁站了起來。環顧四周，附近一個人也沒有。在天黑的公園裡，當然是不可能有小孩子來玩的。

『咦？剛才的小孩……』

我一邊覺得奇怪，一邊穿過了公園，朝著那家店走去。那是一家很小的店，就像是附著在錄影帶出租店旁邊一樣。

寫著『前田不動產』的玻璃窗另一側，有一個大叔在看報紙。我有點猶豫，不過剛才那個小孩子的聲音一直在我的耳朵深處迴盪。

『一定會有好房間的喲！』

『不好意思……』

『歡迎光臨。』

我膽怯地走進店裡。店內完全沒有介紹房間的資料，空得有點詭異。

『那個……』

大叔對著連話都講不好的我開口說：

『你是學生嗎？該不會是条東商校的吧？』

『嗯。』

『聽說學生宿舍燒掉了呢。有好幾個人來我們店裡找過房間哦！』

大叔露出一個苦笑，而他的笑臉頓時瓦解了我的緊張。這個人在狀況內——我知道自己的臉部肌肉在此刻終於鬆弛了。

戴著圓框眼鏡、頭髮斑白、留著山羊鬍的前田不動產大叔，聽了我的滿肚子苦水。雖然不能隨便花用爸媽的遺產，但是一旦決定『搬出來』之後，我就一定要離開伯父家。還有因為我想要自己煮飯，所以希望房間能附廚房等等。

『你也真是辛苦呢！』

大叔感同身受似的說。不知道為什麼，這句話深深地烙印在我心頭。我從來就沒冀望得到別人的同情，可是現在這個時候，溫暖的話語真的讓我很舒服。心情一放鬆下來，眼淚也差點跟著奪眶而出。我趕緊一口氣喝掉大叔端給我的茶。

過了一會兒之後，前田不動產大叔的圓框眼鏡突然閃過一道光芒。

『……有一間不錯的房間哦！』

『有嗎？』

大叔一邊把室內配置圖拿給興奮得站起來的我看，一邊說：

『從鷹之台東站朝東走十分鐘，房間是由兩疊榻榻米大的木板和六疊榻榻米大的和室構成，面南，廁所和浴室是公用的，不過有附伙食。』

『伙食是指……有人替我做飯的意思嗎？』

『是的、是的。以前租給學生的那種便宜房子裡啊，女主人都會幫忙煮飯、洗衣服什麼的，照顧學生們的日常起居哦！不過現在的小孩子很討厭被別人干涉，所以連伙食這兩個字都要消失了呢！』

前田不動產大叔搔了搔山羊鬍，然後咳了一聲，清清喉嚨。

『房租是兩萬五千元整。』

『兩萬五千元?!』

『而且還包括電費、水費和伙食費。』

『咦？這樣子只要兩萬五千元?!』

宿舍的費用原本是三萬元，不過因為家庭因素的關係，我可以得到補助，所以只需要付兩萬元。和宿舍的費用比起來，才貴了五千元而已。這個房間搞不好可以……就在我這麼想的時候，腦袋突然冷靜了下來。三年來的壓抑生活培養出我不輕易動搖的耐力——其實應該說，世界上真有這麼『好康』的事情嗎？我的鼻頭湊到了前田不動產大叔的圓框眼鏡前面。

『該不會……是有什麼原因吧？』

大叔和我對看了一會兒之後，賊賊地笑了出來。

『其實～沒錯♪』

『果然……』

果然這個世界上沒有『好康』的事。我看我這輩子一定會一直這麼倒楣下去的。我嘆了一口氣，喪氣地癱坐回椅子上。在我的眼前，大叔攤開了雙手說：

『這裡有「那個」哦！』

『什麼？……妖怪嗎?!』

這個出乎意料的突發狀況讓我呆呆地張大了嘴巴，不知道該怎麼反應才好。我此刻的表情應該蠢到極點了吧？

直到現在、現在這個時間點為止，我的人生中並不存在著『妖怪』這個詞。世界上有沒有這種東西都跟我無關，我身邊也從來沒人說過『有妖怪出現』之類的話。因為本身沒興趣，所以我不看相關的電視節目或是相關的書。也因此，我沒有這方面的知識。在我心目中的妖怪，大概就像是《咯咯咯的鬼太郎》❷，了不起像是《四谷怪談》裡的阿岩❸那樣吧？

『……真的有嗎？』

『啊，我也不清楚呢！』

前田不動產大叔稀鬆平常地回答，看起來非常可疑。有夠可疑，說什麼妖怪的，太可疑了。這該不會是什麼陷阱吧？我現在該不會正在被人詐騙中吧？——這些現實的想法突然殺了出來。不知道是不是看穿了我的想法，大叔這麼說：

『對了，這麼辦好了。當然有妖怪出沒也是真有其說，不過對你來說也只是半年的寄宿嘛。等到宿舍修復完成之後，你一定就會搬回去了吧？』

『嗯，我是這麼打算的。』

『其實我在那棟公寓裡面也有房間，不過是當作儲藏室在用啦。不如就把我的房間借給你半年吧？所以保證金什麼的你也不用給，只要付房租就好了哦！』

❷《咯咯咯的鬼太郎》是動漫迷們心中的妖怪經典，也可說是日本最長壽的國民漫畫，作者是日本有名的妖怪大師水木茂。

❸阿岩是《四谷怪談》中最具代表性的怨靈角色，臉上皮膚呈紫黑色，左眼上長滿噁心的膿瘡。

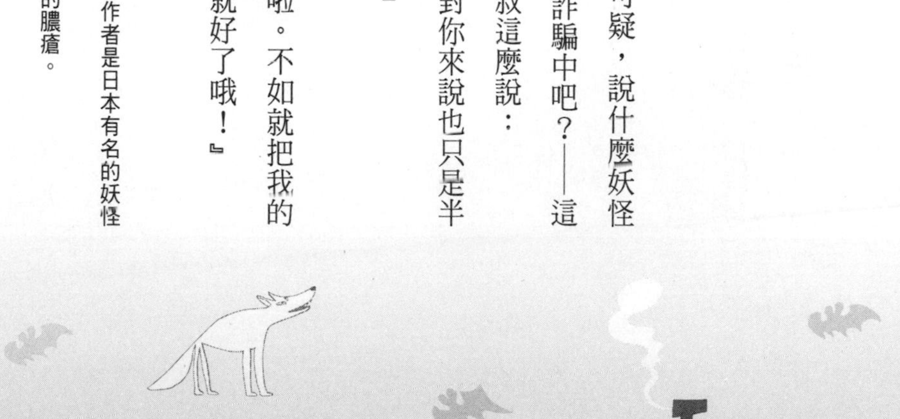

『啊，真的嗎？』

『我跟那棟公寓的房東很熟，所以很多事情都可以通融。我真的是因為很同情你的遭遇才這麼說的哦！怎麼樣啊？』

『……謝，謝謝你！』

瞬間，妖怪什麼的立刻被我拋到九霄雲外了——因為說同情我的前田不動產大叔，臉上的表情非常非常溫柔。我單純而直接地為他這分古道熱腸感到高興。

我飛奔回家向博伯父報告。伯父對前田不動產的申請書似乎有點懷疑。『那不就太好了？難得有人對你這麼親切，得心懷感激才行哦！』不過當惠理子這麼說完之後，伯父也笑了。

惠理子和惠子伯母都露出了『好極了、好極了』的笑臉。這麼一來，拖油瓶就消失了，大家都鬆了一口氣。我的心情很複雜。我很感謝伯父一家人，可是同時，我也不想再回到這個家來了。

聽說宿舍失火的時候，長谷曾經打過電話來。我用公用電話回電給他。安撫聽到我要一個人住在公寓裡而擔心不已的長谷，費了我好大一番工夫。

『我會寫信哦，稻葉。你要給我回信啊！』

『嗯，我知道了。』

『現在我們就真的變成名副其實的高中生了呢！』

我們都笑了。還能像這樣一起大笑，稍微讓我放心了。

一直關心著這樣的我的長谷，去東京了。

隔天，我和前田不動產的大叔一起去看之前說的那棟公寓。

從鷹之台東站朝東走十分鐘之後，我們來到了住宅區，接著走進一條夾在斜坡前的房子間的狹窄通道。

然後，眼前突然出現了一片寬敞的空間。一棟由爬滿藤蔓的白色牆壁環繞的建築物，像是要被樹木淹沒似的矗立著。

那是與日本的住宅區相當格格不入的景色。

『這棟房子很摩登吧？』

『……嗯。』

覆蓋著藤蔓的老舊灰色牆壁，濃胭脂色的屋頂，窗戶上還鑲嵌著彩繪玻璃。玄關有兩扇木門左右對開，上面也裝著彩繪玻璃。就好像那種拍電影用的大正時代浪漫風格的建築一樣。不過，這不就證明這棟房子年代久遠了嗎？完全是那個時代的潮流啊！

『這房子蓋幾年了啊……？』

我不敢問。這房子的屋齡應該比妖怪恐怖多了吧！

『不行，忍耐忍耐，半年而已。只要忍耐個半年，我就可以搬到全新的學生宿舍了。』

我像是念經似的在心中這麼說服自己。這個時候，一個穿著夏季短袖和服的男人拿著竹掃把從玄關走了出來。

『喲，前田先生。』

『哎呀，一色先生，你好。好久不見了呢！』

看到這個好像是這棟房子居民的男人之後，我大吃一驚。我竟然看過那張有點痴呆、活像小孩的塗鴉一樣簡單的臉！

『一色……一色黎明！』

我想也沒想就大聲叫了出來。

『哦？稻葉，你年紀輕輕，竟然會讀一色先生那麼艱深的作品呀？』

我對前田不動產大叔的聲音充耳不聞，只是直愣愣地盯著眼前這個穿著夏季短袖和服的男人。

一色黎明是詩人兼童話作家，他專門寫非常難懂的高尚詩作和乖異美妙的成人童話，是個擁有一部分狂熱——其實更接近偏執狂——書迷的怪誕作家。

絕對不是偏執狂的我便是這個詩人的支持者，現在肩上揹的背包裡就有一色黎明所著的童話單行本。

不是我在自誇，你們別看我外表長這個樣子，我的興趣可是看書呢！我國中時代參加了文藝社，因為不用花錢。雖然我也喜歡運動，不過要是不小心參加了運動社團，就得支出比賽、集訓等等的費用。運動嘛，早晚跑跑操場、偶爾被小流氓挑釁的時候打打架就夠了。

閱讀舊書和向長谷借來的書是我最大的樂趣。而一色黎明則是我最近在舊書當中挖出來的最愛的作家。沒想到竟然能在這種地方見到他本人！

『呃……是本、本人？本人嗎？』

『沒錯，本人。』

塗鴉似的臉孔露出了一抹微笑。不可能搞錯，和作者近期照片上的是同一張臉。

『請、請請請請、請幫我簽名！』

我慌慌張張地把書拿到詩人的面前，結果前田不動產的大叔開口笑了。

『一色先生不會逃走的啦，夕士。』

『一、一、一色先生住在這棟公寓裡嗎？』

『沒錯，已經十幾年了呢！』

『是這樣嗎？』

我的心情一下子振奮了起來。和自己最喜歡的作家住在同一個屋簷下？這種好運可不是隨手可得的。就是這裡了！不管前田不動產大叔有什麼企圖都無所謂！我現在突然覺得眼前一片光明，很久沒有這種感覺了。

『那我們就來看房間吧！』

『好！』

大正浪漫風格的公寓內部看起來相當古老。牆壁上到處都有裂痕，鋪著木板的地板也染上了歷經歲月的顏色。無論是走廊、樓梯或是房間裡面，都蒙著一層古屋特有的陰影。不過整體的構造感覺起來還滿牢靠的。

走上二樓，我聽見鳥鳴聲和圍著公寓的樹葉的摩擦聲。

『好安靜哦！』

『照理說，這裡應該住了差不多十個房客哦！大家都出去了嗎？啊，就是這裡，二〇二號房。』

我打開了堅固的門，然後發現和陰暗的走廊比起來，房間裡面非常明亮。有扇面南的大窗戶，上半部鑲嵌的彩繪玻璃透出五彩光芒，灑在榻榻米上。從窗戶可以看到前院，詩人正拿著竹掃帚清掃著落葉。

被前田不動產大叔稱作『儲藏室』的這個房間裡，放著一張日本舊式摺疊桌、一組茶具以及一個坐墊。佔滿一整面牆的書架上塞滿了書。從文學作品到哲學、宗

教、散文都有，興趣真是相當廣泛。前田不動產大叔一邊摳著山羊鬍，一邊說：

『這就是我的秘密基地。書就維持原樣沒關係吧？』

『嗯，這樣子就好了。我可以看這些書嗎？』

『請便請便。洗手台和廁所就在出了走廊的地方。收納櫃在這裡，還有這裡……』

『好棒的房間哦！』

興奮難耐的我，現在就想馬上搬到這裡來住。

我想離開那個家，想要不顧慮別人的感受，盡情地享受一個人的時間。我想把朋友找來這裡，不管時間早晚地好好聊天。放假的日子，我想睡到很晚。

想想，這是多麼微不足道的樂趣啊！長谷曾經這麼對我說過：『就算任性一點也不錯啊。』我並不是沒這麼想過，只是我沒辦法這麼做。我不想再給伯父他們增加負擔或困擾，更別說是搞什麼叛逆、任性了。

那是因為我的雙親已經過世了。為了撒手人寰的爸爸和媽媽，留下來的自己能做的，只有成為獨當一面的人、一個認真生活的社會人，認真地讓自己變得幸福。

這就是對爸媽最棒的供養——國一那年，當我望著火葬場的煙裊裊飄向天空的時候，就這麼下定了決心。因此，我不能做出任何『繞遠路』的行為。

不等學生宿舍重建完畢前的短短半年，就直接搬出伯父家裡，是這樣的我最大限度的『任性』了。

三年來，日日夜夜，我總是忍耐著孤單。博伯父他們的確是我的家人，即使如此，在這群家人包圍下的我，仍然是孤獨的。只有半年也好，我希望能夠真正『一個人』獨處。『一個人獨處』和『孤獨』不一樣。我好想試著一個人自由地做所有的事。

『你要來住嗎？』

前田不動產大叔再度確認了一次。我帶著滿臉笑容，果斷地回答：

『要。麻煩你了！』

我拿著契約書飛奔回家。好不容易等到博伯父回家簽了字，我就已經打包好行李準備要搬走了，是惠子伯母出聲阻止了我。

『等到星期天再去。你一個人也搬不動棉被跟桌子吧？』

星期天，伯父會替我借來一輛輕型卡車。我等得簡直快要發瘋了。自從畢業旅行之後，我第一次對某件事如此期待。

接著，到了星期天。我原本就不太多的行李被搬上了超小的輕型卡車上，朝著公寓前進。

『喲，歡迎歡迎。』

『一色先生，接下來要麻煩你多多關照了。』

詩人在公寓的玄關等著幫忙搬我的行李，這讓我高興得快要飛上天了。接著，我用契約書與前田不動產大叔交換房間的鑰匙。

『來，房間的鑰匙。』

『謝謝，就先跟您借來用了。』

我總覺得自己好像收下了『魔法的鑰匙』一般，不過同時也對萌生這種幼稚想法的自己苦笑。

『這位是久賀秋音，住在二〇四號房。』

詩人向我介紹的是一個女孩子，年紀和我差不多，也是高中左右。她綁著馬尾，身穿襯衫和牛仔褲，感覺非常率性乾淨。臉蛋也長得五官分明，看起來很健康。她一定很聰明，個性也很開朗吧！

『你好。房間我已經幫你打掃好了，今後就請多指教吧！』

秋音用著和我想像中一模一樣的開朗聲音有禮貌地說。

『呃、哦，謝謝……』

竟然會有素昧平生的女孩子幫我打掃房間，真是超乎想像地親切呀！我驚訝到連自我介紹都忘了。

雖說是搬家，不過其實搬完棉被、書桌和書就結束了。我對博伯父說接下來我會自己處理，讓他先回家。知道有名的作家和女孩子都住在這裡之後，伯父看來似乎也放心了。

這麼一來，他就卸下肩頭的重擔了，之後只要等我成年就好。這也算是一件了不起的事吧！我一直目送著伯父逐漸遠去的車子，然後像是喃喃自語般地說：

『受您照顧了，謝謝……』

壽莊

『我？我是鷹之台高校二年級的學生，從一年級的時候就開始住在這裡了。』
連一些瑣碎的整理，秋音都來幫忙我。
『是哦！秋音是關西人嗎？離開親人一個人生活，不會覺得寂寞嗎？』
『才～不會呢，在這裡的生活非常有趣哦！』
從秋音的說話方式和表情看來，她聰慧和開朗的個性一覽無遺。在我的認知中，比我大的女生只有惠理子而已，不過跟她比起來根本可說是天壤之別吧！
不知道是不是因為自我防衛的關係，惠理子幾乎把我當成透明人。對這種態度只能閉嘴忍受的我，最後理所當然地無法和女生好好相處。女孩子既神經質又歇斯底里，只因為男生『是男生』這種莫名其妙的理由，就討厭男生。俗話說『敬鬼神而遠之』，所以我一直覺得不要靠近她們、不要跟她們說話、不去打擾她們是最好的處理方式。而以一副理所當然的樣子大受女生們歡迎的長谷，曾經這麼對我說：
『也有女生要我把你介紹給她們，你別討厭人家，試著跟對方交往看看嘛！』
可是我根本沒那個意思。因為即使是看到班上的女同學，我也會覺得她們還是跟惠理子一樣，都在躲我。

『那是因為你散發出「敢靠近我就砍人」的殺氣嘛！』

長谷好像在這麼說完之後，還笑了出來。

可能真的是這樣吧！爸媽過世之後，生活突然改變，連我自己都跟著改變了。在伯父家過得忍氣吞聲，為了錢的事情、將來的生活，以及思考到眼前實實在在的現實時的不安，讓我已經無法打從心底發出笑聲了。

『稻葉好難相處哦！』

『很陰沉耶！』

朋友們總是這麼說，然後一個接著一個離我而去，留下來的只有長谷而已。更別說是女孩子了。

可是秋音卻自在地和我這個第一次見面的男生相處，簡直就像是跟女孩子在一起，或者像兩個男生一樣，完全不在乎我們是不是第一次見面。她說著沒營養的話，大笑的時候還會拍打我的背，真是我從沒體驗過的驚奇。我因為世界上竟然存在著秋音這種女生而大受感動。

秋音離開了遠在天邊的親人，一個人來到這棟公寓生活，白天去上學，晚上似

乎還到醫院工作的樣子。聽說她在那間醫院裡有朋友，因為那個朋友的關係，她才會到這裡來住。應該是有什麼複雜的原因吧！雖然不太看得出來，不過那一定是她個性強韌和開朗的秘密，一定是的。

『原來如此呀！爸媽都不在了，一定很寂寞吧？』

看見兩個並排的牌位之後，秋音用一種不帶感情的成熟語氣這麼說。

『不過我已經習慣寂寞了。』

我露出苦笑，她也跟著溫柔地笑了。和之前爽朗的笑不同，這個帶著些許寂寞的溫暖笑臉，讓我不由得吃了一驚。

『不用那麼急著長大也沒關係哦！』

秋音一邊笑著，一邊這麼說。雖然她的口氣很輕鬆，可是卻充滿了真摯。在某些地方，她的感覺和長谷很像。

我突然有種不可思議的感覺，彷彿可以對這個人訴說所有的事情似的。我什麼都想告訴她。

『秋音……這棟公寓啊……真的會有妖怪出沒嗎？』

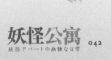

雖然覺得這是個沒神經的問題，我還是問了。秋音若無其事似的笑了。

『是呀！這麼說起來，在這附近說「壽莊」，好像還不如「妖怪公寓」來得廣為人知呢！』

『壽莊？哦，這裡的名字呀？』

為什麼我之前都不知道呢？不過這名字還真有古典味。

『幹嘛？夕士，你怕妖怪嗎？』

秋音像是在捉弄我似的笑了。我抓了抓頭。

『啊，不是……我也搞不清楚啦，而且也沒看過。就算說有妖怪，我也……』

『沒錯、沒錯，妖怪一點也不恐怖哦！』

秋音一邊繼續手邊的整理工作，一邊輕描淡寫地說。是我的錯覺嗎？我總覺得她刻意輕輕帶過這個話題。

『對、對啊。』

『小琉璃幫你煮好喬遷蕎麥麵了喲～』

詩人端著蕎麥麵走了進來。裝盛美麗的蕎麥麵和天婦羅簡直就像是從蕎麥麵店端出來的一樣，旁邊還裝飾著一朵梅花。光用看的就覺得可口無比了。

『小琉璃？』

『琉璃子，她是負責這裡伙食的人，手藝超讚！』

秋音話才說完，就已經吃光蕎麥麵了——真的就是『吃光光』的感覺。我被這種豪邁的吃法嚇了一大跳。詩人在一旁大笑。

『秋音可是個超級大胃王呢！』

這麼說來，光她的分量就用了三團麵——三團?!

『我的食量是別人的三倍。』

真無法想像這是個含苞待放的少女說的話。被秋音和詩人完全不當一回事的『哇哈哈』笑聲影響，我也跟著哈哈大笑。

吃著美味可口的蕎麥麵，我的心中雀躍無比，總覺得接下來的生活好像會變得很有趣。

房間整理結束時，咚咚咚的引擎聲從外頭傳了進來。

『是摩托車。』

我將身體探出窗外。

『哦，那個人後面還載著狗耶！超屌的，跟狗雙載！』

『是明先生，住在一〇三號房的人。』

『夕——士，下來～』

詩人在窗戶下面叫喚著。我和秋音一起到一樓去。

『一〇三號房的深瀨明，是個畫家。跟我是老朋友了。』

詩人向我介紹的這位『畫家』，精壯的身上裹著皮衣、皮褲，頂著一頭蓬鬆的咖啡色頭髮、叼著香菸，眼神窮兇極惡。他用輕蔑的目光從下往上地打量著我。

『……呃，我是稻葉夕士。請多指教……』

畫家？但他穿著騎士裝束的皮衣，皮褲上有著和刺青一樣的眼鏡蛇圖樣。騎的摩托車是重型機車，而且那台摩托車上也有眼鏡蛇的設計圖樣。這……不管從哪個角度看都應該是『暴走族』吧？

在有點嚇壞的我面前，那隻大狗突然站了起來。牠灰色的龐大身軀和庇里牛斯山犬比起來毫不遜色，大大的耳朵和嘴巴都和牧羊犬一樣。牠跟主人一樣，用金色的眼睛睨視著我。

『牠是西格。牠說你也要跟牠打招呼。』畫家突然這樣對我說。

『呃，是嗎？你好，西、西格。』

我在西格面前壓低姿勢打了招呼，不過西格卻發出了不服氣的低吼。

『牠叫你頭再低一點。』

雖然我超級不爽，不過也不能在這裡吵起來，於是我只好一邊想著『這傢伙～』，一邊低下了頭。結果西格突然把全身的重量壓到我身上來。

『哇！』

我被西格壓倒了。

『哇哈哈哈哈哈！上當了、上當了！』

看見我被西格壓在地上，畫家和詩人、秋音都指著我哈哈大笑。

『西格根本不是什麼恐怖的狗哦，夕士。這是西格「初次見面的招數」啦！』

『男生專用。』

『……呃，是哦！（真是惡質的招數。）』

變成了西格的踩腳布的我，維持這樣的姿勢想著。不過因為大家都哈哈大笑，我的心情也差不到哪裡去。這是我生平第一次遭受這樣子的對待，所以連驚訝都來不及了。

西格溫柔地舔著我失神呆滯的臉。牠真的舔得很溫柔，只是弄得我滿臉口水而已。

『這麼回想起來，我國小的時候好像曾經想過要養狗呢……』

我突然想起了這麼一回事，然後摸了摸西格的身體。畫家一邊吐著煙，一邊笑著。大家也都笑了。在知道畫家和他養的狗都只有眼神壞之後，我才鬆了一口氣。

『你說你是黎明的書迷？那你也是變態了嘛！』畫家邊笑邊說著。

『才、才不是呢！』

『你沒有想過把喜歡的女人冰起來，每天晚上舔個好幾次嗎？』

『沒有。我是一色先生優美文筆的支持者。』

『我看不懂一色先生寫的句子耶！』

『一般人都是這樣啦！』

『我也不是全部都……像詩我就完全不懂了。』

『我也看不懂你畫的畫啊！深瀨。』

『深瀨先生的畫是什麼樣子的呢？』

『嗯～你知道安迪・沃荷❹嗎？』

『呃，我不知道。』

『是哦。總之就是很難懂啦！』

『但是深瀨先生的畫在國外很受歡迎哦！』

在稍遲的午後陽光下，我們四個人開心地聊了一會兒天。對我來說，這就好像一下子突然有了哥哥、姊姊一樣，快樂又豐富。我一直憧憬著這樣子的氣氛，這樣子不顧一切地放鬆心情談天、歡笑。

來這裡真是太好了，我這麼覺得——在目前這個階段。

『啊！我得去準備打工了。』

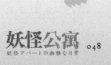

秋音站了起來。

『啊！我也是，房間才整理到一半。』

我跟在秋音後面走進公寓。

太陽稍微西斜，古老公寓中的黯影便隨之增加。

忽然間，我發現玄關的入口處有大量足跡。可是在白天的時候，我明明沒有看見這些痕跡。

『哦，一定是曾經住在這裡的人們留下來的腳印吧！』

我這麼想著。可是那當中卻摻雜了怎麼看也不像是人類足跡的奇妙痕跡。有像鳥類的腳一樣三條線交錯的腳印，有像野獸一樣的腳印，還有格外巨大的或是特別小的腳印……

這個時候，我才第一次覺得：『奇怪耶！』奇怪在哪裡？我也搞不太清楚。這裡是普通公寓，住的人也是普通人。『有妖怪出沒』應該只是單純的謠言而已吧！

❹安迪・沃荷（Andy Warhol，一九二八－一九八七）是當代美國畫家，也是普普藝術的代表人之一。

只是房子舊而已。可是在這個比白天暗了許多的空間裡，卻充滿了某些東西的氣息。我打從心底開始不安了。

『有人……在嗎？』

就在我這麼想的時候，突然聽到了鏘啷鏘啷的聲音，把我嚇得差點跳了起來。

我偷偷地看進玄關旁邊的起居室裡，發現角落屏風的另一頭，似乎有幾個人在摩擦著什麼東西。

『什麼嘛，原來是在打麻將啊！』

我鬆了一口氣，正準備爬上二樓，卻猛然注意到一件事。

『那些人是誰？從什麼時候開始在那裡的？』

而且還是在沒有開燈的起居室裡，陰暗房間的角落。

『這裡有「那個」哦！』

前田不動產大叔的聲音在我耳畔浮現。

『……咦，不會吧！』

會出現嗎？妖怪？話說回來，妖怪到底是什麼啊？像阿岩一樣咻～地跑出來

嗎？我頭昏眼花地爬上樓梯。

然後，我看到有人在擦拭著二樓的走廊。那是一位身高只有小學生那麼高的老婆婆。胭脂色的裙子配上奶油色毛衣，腳上穿著白襪子。老婆婆一和我四目交接，那跟阿多福面具❺一樣的微笑眼角又下垂了一點，我也想都沒想地笑了回去。

『她也是住在這裡的人嗎……？』

可是直到剛才，我都還以為這棟公寓裡面只有自己、詩人、畫家和秋音而已。

『對了對了，還有琉璃子……』

欣賞著整理完畢的『我的城堡』，我盡情地想著一些無關緊要的事情，心情真是滿足極了。

『夕士——去吃飯吧！』

秋音來叫我去吃飯了。

『哇，已經到吃飯時間了嗎？』

❺阿多福面具上的臉是塌鼻子、臉頰飽滿的女子臉龐，又稱作『阿龜面具』。

『晚餐大概是六點到八點之間吃。但是不管什麼時候去，琉璃子都可以端出熱騰騰的飯菜哦。每天晚上她都幫我煮消夜呢！』

秋音吐了吐舌頭。真是個毫不做作又愛笑的女孩啊！

『真好。』

我和秋音並肩走出房間，結果發現剛才那個老婆婆還在打掃走廊。

『喂，那個人……』

『啊，鈴木婆婆嗎？她是打掃婆婆。』

『哦，原來如此。哈哈！』

似懂非懂的我，在踏進一樓的餐廳時再度目睹了奇怪的光景。

客滿。十疊榻榻米左右的餐廳擠滿了人，感覺很悶。小孩子們和狗一起跑來跑去。詩人和畫家就算了，可是那個瘦得像骷髏一樣的老爺爺是哪位？和信樂的狸貓❻一個模子刻出來的、圓滾滾的矮小男人呢？坐在椅子上一直低著頭動也不動的長髮女人是？……究竟之前他們都在哪裡啊？

『那個……』

『沒錯，夕士！今天晚上就是你的歡迎晚宴！』

秋音端來給我的是光看就覺得可口無比的炸豬排定食。

炸得恰到好處的麵衣發出了滋滋的聲音。配菜是滿滿的沙拉，小碗裡有山椒竹筍佐芝麻醬、涼拌豆腐和醃小黃瓜。

『白飯和味噌湯在這裡，要多添幾碗都可以哦！』

秋音替我盛的那碗跟山一樣高的飯，散發出閃亮的光澤。

『好、好好吃……！』

我說不出話來了。入口即化的炸豬排在嘴巴裡，還有湯頭超棒的炸豆腐蘿蔔味噌湯，簡直和料亭❼端出來的東西一樣高級，又能令人再三回味。

『太好吃了！琉璃子，這個芝麻醬佐菜真是一絕！』

對著如此喊叫的詩人，我也一邊卡滋卡滋地嚼著，一邊用力點頭。在現在這種時代，租公寓有附伙食就已經很稀奇了，沒想到這伙食竟然好吃得不是蓋的！白飯

❻『信樂的貍貓』是日本陶藝重鎮滋賀縣信樂町的信樂燒特產，也是日本燒烤店的招牌人物。

❼高級的日本料理店稱作『料亭』。

和味噌湯我都多添了兩碗。這還是我頭一次吃這麼多『家裡的飯』呢！不過還是輸給了光配醬菜就連吃了四大碗飯的秋音。

隔著出菜檯的另一側廚房裡，不知道為什麼暗得很詭異，照理說應該出現在那裡的琉璃子身影，我卻怎麼都看不到。不過偶爾會看到白色的東西晃悠悠地若隱若現。

『喂，這些人全都是住在這棟公寓裡的人嗎？』

吃飽了之後，我終於問了秋音。

『山田先生是哦！』

秋音指著那個圓滾滾的矮小男人。

『剩下的都是住在附近的鄰居。這裡是這一帶的聚會所～』

秋音笑著說。詩人和畫家看著我，也露出了莫名的賊笑。怎麼想都覺得很詭異。既然秋音這麼說的話，事情就一定是這樣，只是總有點怪怪的——什麼東西、什麼地方……

飯後，我偷偷看了起居室一眼，發現剛才那些人還在打麻將——擠在房間的角

落屏風後面。我看不太清楚他們的樣子，不過四個人都穿著和服。孩子們和狗圍繞著盯著看的電視螢幕上，播放著我不知道的節目。

『好奇怪……』

我歪著頭回到房間去。鈴木婆婆仍然不停地擦拭著二樓的走廊。

『好奇怪……！』

感覺真的有夠詭異的。但是詩人、畫家和秋音都一副若無其事的樣子在這裡生活，自己會覺得不太對勁，大概是因為還不習慣這棟公寓的關係吧！

『總覺得啊……』

我一面這麼想著，一面看了看高中的課本。後天，我的高中生活就要開始了。

『對了，条東商校有英文會話社。』

英文會話、簿記，加上電腦，所有用得上的技術我都要學起來，目標就是當個有即時戰鬥力的商人或是公務員。我沒辦法和其他學生一樣四處瞎耗時間。

『夕士，一起洗澡吧～』

詩人來約我了。在最前線活躍（這說法雖然非常單方面）的作家來邀請我一起洗澡！要是被其他書迷知道一定會被滅口的，真是奢侈呀！

『好。』

我和詩人一起走下樓梯的時候，秋音正好要出門。

『我走囉！』

我們目送著活力十足的她衝出家門。秋音在鷹之台的某間醫院打工一整個晚上，只在那邊睡三個小時，到了早上才回到這裡來準備去學校。

『好厲害的生活哦！這樣子身體不會有什麼問題嗎？』

『看來好像完～全沒事呢！』

詩人若無其事地笑著說。我很想追問他未成年的勞動基準啊，還有不是護士的她究竟在大半夜的醫院中做些什麼之類的問題，不過還是算了。畢竟每個人都有自己不想談的事。

『對了，我還沒看過浴室耶！聽說在地下室是嗎？』

『沒錯。是一間超級大的浴室哦！你一定會喜歡的。』

鈴木婆婆整理完通往地下室的樓梯了。

『嗨，鈴木婆婆。妳真是永遠精力充沛呢！』

詩人開口之後，鈴木婆婆用笑容回應。

『一色先生，那個人……』

『鈴木婆婆總是幫我們打掃公寓，很偉大吧？真是讓人欽佩。』

『哦、嗯。』

走下通往地下室的陰暗樓梯之後，蒸氣忽然一湧而出，包裹住我們全身。

有個岩石浴池。

在昏暗的燈光下浮現的浴池，幾乎可說是最高級的溫泉旅館也沒有的岩石洞窟，這絕對是天然的岩洞浴池。就像是秋吉台還是什麼地方的鐘乳石洞一樣，岩柱從天花板垂下來，牆壁上和地上則冒出彷彿蘑菇或是盤子一樣的造型岩石。稍微有點濃稠的金屬成分熱水，看來好像是真的溫泉水。

『啊——天堂！不管什麼時候進來泡都一樣！』

接受一臉舒服樣的詩人邀請，在他旁邊泡進溫泉裡其實還滿不錯的，可是我卻動彈不得。

『太詭異了……再怎麼樣，這都太奇怪了！』

在這樣子的住宅區中間，竟然有湧出溫泉的地下洞窟？怎麼可能！即使浸泡在溫熱的泉水當中，我還是手腳發冷，心臟撲通撲通的，都快要跳出來了。

『……一色先生……這棟公寓……好像有點……奇怪耶……』

我有點吞吞吐吐又有點畏畏縮縮地這麼說。結果詩人回答：

『當然啦，因為這裡可是「妖怪公寓」呢！』

他再度表現出那副氣定神閒的態度。

『……啊？』

『前田先生跟你說過了吧？「有妖怪出沒」。』

『……』

在這一瞬間，我突然覺得詩人那張迷迷糊糊的臉看起來很恐怖。

『對吧？房東先生♪』

詩人對著後面的黑影眨了一下眼睛。

『黑影』緩緩地動了。

那是一個又黑又大的東西。如同巨大的蛋一般矮胖、光滑的身體上，只有一雙小小的眼睛，而且還一直盯著我看。

泡在浴池裡的『房東先生』向我點頭問好。我也自然而然地點頭回禮，不過下一瞬間就從溫泉中跳出來了。

『一一一、一色先生！「房東先生」怎麼看起來不太像人類啊？』

詩人覺得很有趣似的笑了。

『他本來就不是人哦！』

我的記憶就在此中斷了。

回過神來以後已經是早上了，我躺在自己的房間裡。

『……啊～做了奇怪的夢了。』

我想大概是突然改變了環境的關係吧！

早晨清爽的空氣中，窗外樹木的綠意看起來十分漂亮。

窗戶附近的枝頭上有鳥兒在鳴叫。我靜靜地打開了窗戶看著牠們。是什麼種類

的鳥呢？三隻有著美麗青色羽毛的鳥兒在樹枝上排成一列，看著我，然後異口同聲地說：『早，睡得好嗎？』

我默默地關上了窗戶。突然間覺得口渴得要命的我走出了房間。這個時候，畫家剛好爬著樓梯走上樓來。

『哦，你睡醒啦？身體還好吧？』

畫家這麼說著，看起來似乎死命地在憋笑的樣子。

『……嗯。』

『房東很擔心呢！夕士。』

『房東……』

『房東』就在樓梯的下幾階。烏漆抹黑的巨大身體上穿著白色和服，還纏著紫色的腰帶。從袖口伸出來那小得不能再小的手上，抓著寫有租金的大帳簿。

『——哇啊啊！』

我三步併作兩步跳上樓梯，然後跌坐在地上，差點沒從樓梯上滾下去。畫家抱著肚子哈哈大笑。

『欸、什麼？什麼意思？這是開玩笑的吧?!那個東西……是穿著衣服的布偶還是什麼的吧？』

『如果你要這麼想的話，也無所謂哦！』畫家笑著說。

詩人正在和房東先生打招呼。房東先生禮貌地彎著龐大的身軀，對詩人行禮。這種一看就知道不是人類的東西在眼前出現，詩人和畫家竟然可以淡然以對。這又讓我吃了一驚。

『妖……妖怪……?!是妖怪嗎？怎麼會……咦？奇怪，一色先生和深瀨先生都是人類……怪了。一色先生說他已經在這裡住十幾年了……？』

『嗯，我也在這裡住超過十年了。』畫家抽了一口菸。

『什麼問題都沒有哦？』

畫家低頭看著瞳孔縮小成一點的我，興味盎然地笑了。

『……！』

原來他們全部都知道。詩人、畫家都一樣，搞不好秋音也是。

『那鈴木婆婆呢？還有餐廳裡面的那些人、打麻將的那些傢伙……』

秋音曾經說過，他們是『住在附近的鄰居』，『這裡是這一帶的聚會所』。

『這裡有「那個」哦！』

前田不動產大叔的臉孔浮了出來。

意思是：這裡有妖怪。

意思是：要和那些妖怪們一起生活。

『真、真的假的……哪有這種事……』

視野開始模糊搖晃。我想，到目前為止我所度過的『日常』生活，感覺都即將崩毀了。可是，一色黎明、深瀨明都是如假包換的人類，也一直這麼過著生活——甚至在這裡度過了十幾年。

忽然間，我看到鈴木婆婆在擦著二樓的走廊。剛才的那些青色小鳥們，正興致勃勃地從窗外偷窺著室內。不知道是從什麼時候來到一旁的小孩和白狗也看著我。明明還是冷颼颼的季節，卻只穿著短袖薄襯衫的那個孩子，還有那隻小狗，他們的影子都異常地淡薄，簡直就像是光會穿透他們的身體一樣。我情不自禁地縮起身子。然而，畫家卻平心靜氣地抱起那個小孩。

『小圓，我們去吃早餐吧！你也別老是蠢著一張臉了，一起來吧！夕士。』

畫家抱著那個看起來像是人類小孩的東西，一邊笑著，一邊走下樓梯。像狗一樣的東西則尾隨在他們後面。房東先生已經不知道消失到哪兒去了。

我一個人呆呆地坐在樓梯上。

玄關的大門大大敞開，早晨的清爽空氣充滿其中。小鳥的鳴囀清晰可聞，是個隨處可見的春天早晨。

『但是這裡是妖怪公寓，到處都是妖怪……？』

我沒辦法接受。這裡這麼平靜，伙食又好吃，跟我一樣是高中生的女孩也一個人住在這裡，詩人、畫家也都平凡地在這裡住了十幾年……

『……什麼問題都沒有……？』

畫家是這麼說的。

『什麼問題都沒有……嗎？這樣子好嗎……？』

鈴木婆婆在擦窗戶的玻璃。滿是裂痕的牆壁上，爬滿了不知道到底是什麼、看起來很像黴菌的東西。走廊深處有兩個黑色的影子，鬼鬼祟祟地不知道在說些什麼。而餐廳裡則傳來了可口到幾乎令人昏倒的高湯香味。

『嚇到了嗎？』

詩人抬頭看著我。那張臉果然還是怎麼看怎麼有趣。

『一色先生。』

『如果你想回家的話，我可以幫你打包行李。』

被他這麼一說，我握緊了拳頭。要留在妖怪公寓？還是回去伯父家？

『真是超級高深的選擇啊！』

我不禁為立刻這樣想的自己苦笑了起來。

我站了起來。

『總之……』

『總之？』

『我要先吃早餐。』

我這麼說完之後，詩人哈哈大笑。

『不錯哦，夕士！就是要這樣。』

我走下一樓，剛好秋音也在這個時候回來了。明明一整夜都在工作，只睡了三小時而已，她還是精力充沛地從那裡跑了過來。

『我回來了！』

『啊，歡迎回來……』

原本想這麼說的我，卻瞪大了眼睛。

『啊，秋音，後、後面！』

『咦？』

在玄關前的秋音回過了頭，她身後站著一個穿著黑色夏威夷襯衫、看起來像男人的傢伙。現在這個時候穿夏威夷襯衫是很奇怪，可是為什麼我會說看起來像男人呢？因為那傢伙沒有頭。

『妖……妖怪！那毫無疑問、絕對是妖怪！好厲害！……厲、厲害嗎？』

在因為第一次看到真正像妖怪的妖怪而倉皇失措的我面前，秋音卻一副不怎麼驚訝的樣子說：『討厭，結果還是跟來了。』

『跟、跟來了？』

『這傢伙剛才在車站前面的紅綠燈那裡，一直盯著我看。』

沒有臉也能看嗎？我偷偷在心裡吐槽。

『我已經裝作沒看到了，沒想到它果然還是對我一往情深呢！』

『幽靈跟蹤狂……？』

秋音嘆了一口氣，在幽靈面前雙手扠腰站著。果然如此。果然秋音也對這種事情見怪不怪了。她是知道這裡是妖怪公寓，才在這裡住下來的。果然，這就是『現實』呀！

『你會跟著我來，就表示已經知道接下來會發生什麼事了吧？』秋音對著那個沒有頭的傢伙說。『你生前是個什麼樣的傢伙，我可是知道的哦！你連死了之後都不學乖，還是和活著的時候一樣，一天到晚偷偷跟在女孩子後面吧？你到死了以後都還不曉得這是多麼令人困擾的事情嗎？』

秋音瞪著幽靈。連我都發覺氣氛突然變得不一樣了，從未體驗過的某種東西，讓我的全身上下起了雞皮疙瘩。緊張得要命，好像連心臟都要揪在一起了。一定有什麼事情要發生了。

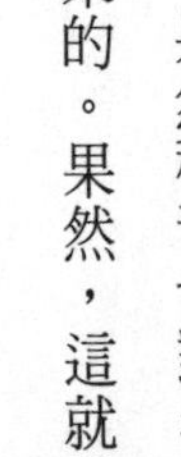

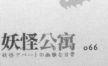

『如果你老老實實地待在那裡的話，我還想說放你一馬的……』

秋音用雙手畫出某種形狀，然後在瞬間的祈禱之後，將雙手放在幽靈上面喊道：『禁！』

咚！某種衝擊力道震動了空氣，我的全身上下再度爬滿了雞皮疙瘩。幽靈就在我的眼前四散消失了。

『……！』

我完全無法理解到底發生了什麼事情。可是這讓人戰慄到骨子裡去的過程，的確是實際發生在我的眼前。這完全顛覆了我至今的生活、常識或是認知。然而，回過頭來的女孩卻好像什麼事都沒發生過似的笑著。

『好了，去吃早餐吧！我的肚子餓死了！』

『秋、秋音是……』

『我？』

秋音像是在炫耀什麼似的對我宣告：『我是除靈師。』

『除……？』

『妳回來啦，秋音。今天早上的菜單是鹽烤太刀魚配豆腐味噌湯、納豆蛋捲和馬鈴薯火腿沙拉哦！』詩人也是一副若無其事的樣子說。

『耶～最喜歡琉璃子了！我愛琉璃子！』

秋音一邊這麼叫著，一邊衝進了餐廳裡。詩人則是打趣地看著茫然目送秋音身影的我。

『……除靈師是……什麼東西啊？』

『好像是趕走煩人幽靈的人吧！』

詩人聳聳肩。

『碰到各式各樣的事情、和各式各樣的人相處，是很有趣的事吧？這個世界也還不至於完全無可救藥哦！』

詩人的這番話，讓我有種不可思議的感慨。

『好了，去吃早餐吧，夕士。肚子餓了吧？』

這麼說來也是。

總之，就先吃早餐吧！總之，要想什麼也是飯後的事了。

妖怪公寓的居民們

餐廳裡面滿溢著烤魚和味噌湯的可口香味。我的肚子也開始大唱空城計了。

秋音扒著超大碗的飯。畫家則讓那個小孩子坐在自己的膝蓋上，啜飲著咖啡。像是骷髏頭一樣的老頭子和長頭髮的女人都不在。早上的餐廳很安靜。

『來，夕士的份。』

『哦！謝謝。』

琉璃子做的早餐還是無懈可擊地好吃，豆腐味噌湯好像滲進了全身上下每個細胞一樣。

『但是，琉璃子不是人類呢……』

老樣子，廚房裡面還是沒有她的身影。雖然說這頓飯是妖怪做的，不過我沒辦法放著這麼美味的飯菜不吃。

『早。哎呀，真是香。』

圓滾滾的矮小男人山田和一個穿著深藍色西裝的男人一起出現了。

『早啊，山田先生，佐藤先生。這個男生是稻葉夕士。』

詩人向他們介紹。

『哦——請多指教，我是山田。昨天我們見過面了嘛！』

『我是佐藤。歡迎來到壽莊。』

我禮貌地低下頭。根據詩人所說，現在住在這棟公寓裡的『人』，只有詩人、畫家和秋音而已。也就是說，看起來像人類的山田先生和佐藤先生，都是妖怪。

『一大清早就跟妖怪打招呼，還一起吃早餐……真是有點~』

真是有點奇妙。山田先生看著報紙，佐藤先生則是一邊注意著時間，一邊扒著飯。晨間新聞從收音機裡流洩出來。和在博伯父家的時候一樣，看起來是一幅再普通不過的早晨光景。

『唯一不同的就是，他們不是人類……嗎？』

我啜飲著茶。

坐在隔壁的畫家膝蓋上的那個小孩，目不轉睛地盯著我看。畫家好像都叫他『小圓』。年紀大概是兩歲左右吧？仔細一看，他的臉頰有點下垂，嘴唇很飽滿，有著清楚雙眼皮的眼睛好圓，感覺很可愛……

『好……好可愛！』

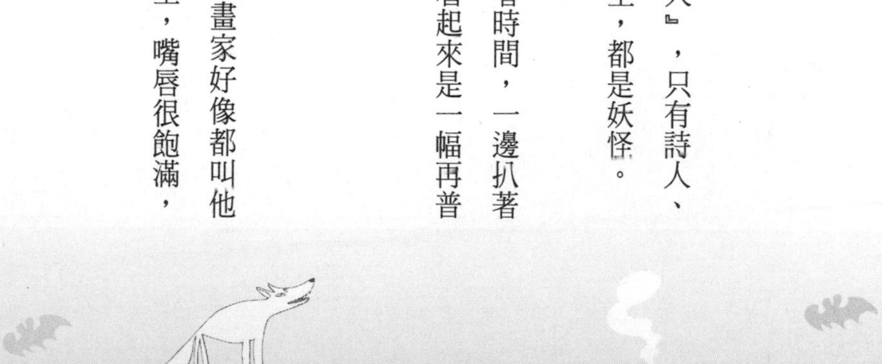

我情不自禁地伸出了手，撫摸著那個不是人類的東西的頭。

『啊，他讓我摸了！』

透過手心傳來的是普通的毛髮觸感，是又短、又細、又柔軟的小孩子頭髮。當然，是因為畫家抱著他，我才敢伸手摸的，不過……不過我總覺得心情很奇妙。這個孩子雖然看起來像人類，但卻不是人類。自己剛才摸了不是人類的東西，而且還覺得很可愛。小圓一邊盯著我，一邊含著手上的棒棒糖。

『啊啊……可惡！太可愛了！』

這個時候，我突然注意到畫家、詩人和秋音都笑咪咪地看著我。我假咳了一聲，再度端起茶來啜飲。

『啊，琉璃子，我從今天開始會外出一個禮拜哦！要去伊豆監督新進員工的研修。』

穿著西裝的佐藤先生說。

『佐藤先生那兒的景氣還真不錯呢，真不愧是SOIR化妝品。』

山田先生的這句話害我差點把嘴裡的茶給噴出來。

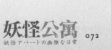

『有在上班啊（而且還是大公司）？』

原來還有這種事。不是人類的東西，以這個社會的一分子的姿態和人類共處——只不過人類不知道而已。

我突然覺得有點恐怖。就如同這個早上的光景一樣，看起來完全正常的東西，其實完全不是如此；自己一心覺得是事實的東西，其實根本大錯特錯，這種情況在這個世界上竟然到處都是。

『難道這就是豁然開朗的意思嗎？』

不過我不知道這樣子的比喻對不對啦！總之，嗯，我就是這麼覺得。

『鷹之台站的後面有一間月野木醫院，你知道嗎？』

在溫暖春陽照射下的後廊上，秋音在跟我聊天。

『月野木醫院是合格的醫院，不過其實那也是為了那附近的妖怪們而設的醫院哦！我就是在那裡學習與妖怪、幽靈有關的事物的。』

這個高中女生若無其事地說。

由於這已經超過了我的理解範圍，所以詳盡的細節我不太清楚，不過大致上就是說：月野木醫院裡面有不是替人類看病的專門醫生，而秋音就是在那個醫生那裡學習有關妖怪、幽靈的學問，當作除靈師的修行。

『久賀流心鍊術，是一種精神修行術，可以提高運動方面的專注力，或是治療對人恐懼症，但是在道場裡也進行靈能力者的培訓。我就是從一開始便抱著成為靈能力者的打算入門的。』

『意思是……也是從小時候開始就看得到妖怪之類的嗎？』

『嗯。我們一定是家族遺傳，因為爸爸、媽媽也都和我一樣。我們家跟久賀老師也是老朋友了，看見幽靈什麼的，對我來說是很普通的事。』

這段談話真的讓我驚愕不已。那『普通』究竟又是什麼呢？

『國小六年級的時候，我得到了「久賀」這個名號，在國中畢業的同時，我就被徵召到月野木醫院去了。在高中畢業之前，我都要在月野木醫院修行，接下來我想應該還會再換到靈場去修行吧！』

『徵召』這個字眼，是現今這個時代不太聽得到的用詞。

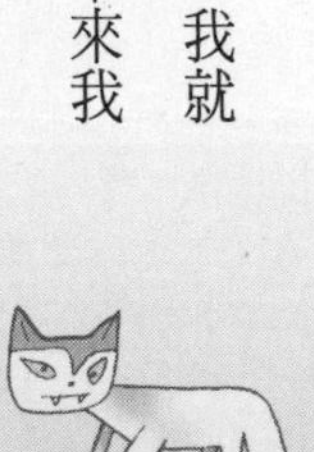

『得到名號？所以說妳的本名不是久賀秋音囉？』

『本名要藏起來呀！我們都是這樣的。』

在這個現代都會的角落，有一個為了妖怪而設的醫院；一個高中女生為了成為專業的靈能力者，在那裡累積自己的道行。她，生下來的時候就已經在那種環境裡了。原來這才是『普通』。

『碰到各式各樣的事情、和各式各樣的人相處，是很有趣的事吧？這個世界也還不至於徹底地無可救藥哦！』

詩人說過的話再度在我的腦海中浮現。

在暖和的木板之間，小圓枕著白狗沉沉睡著。秋音靜靜地撫摸著那張可愛的睡臉。

『小圓……是妖怪，對吧？』

『小圓呀，是處於靈體物質化狀態。小白也是哦！就是那隻狗。』

『靈體物質化……』

『這棟公寓的腹地位在特殊的結界之中，所以靈位會非常安定，原本看不見的東西會變得比較容易看見，原本摸不到的東西也會因此而摸得到。許多通往別的次元的通道也和這裡銜接，好幾層次元都在此重疊、交錯。』

啊啊啊！我的腦袋已經糊成一團了。時機正好，這個時候詩人端了咖啡過來。

『小琉璃烤了蛋糕哦～』

瞬間，秋音的眼睛散發出閃亮的光芒。

『哇啊——太好了——！』

然後她猛然切了一半的蛋糕，一股腦兒全塞進了嘴巴裡。秋音是個超級喜歡巧克力蛋糕、不管從什麼角度看都非常普通的女孩子。

『普通……普通嗎……』

詩人滿臉笑意地看著陷入沉思的我。

『你決定好要怎麼樣了嗎？夕士。』

『……嗯。』

沒錯。無論怎麼想，我現在也什麼都做不了了。雖然這裡好像會有妖怪出沒，不過也有人覺得『很普通』，而且只要想成短短半年的『奇怪體驗』，好像也沒什麼大不了的。不管眼前出現了什麼困難，我都得靠自己的力量克服——因為我沒時間磨磨蹭蹭地繞遠路了。

『我會留在這裡哦——反正只有半年。』

我一邊苦笑，一邊這麼說。詩人也跟著笑了。

『沒錯沒錯，就是這種魄力。住在鬼屋裡可是機會難得的體驗呢！』

詩人和秋音捧腹大笑。我也被他們影響，跟著大笑了起來。現在也只能笑了，就像詩人說的一樣，只要跟著這種感覺走下去就好了。

日照良好的春天庭園裡，開滿了美麗的花朵。山田先生將他原本就已經很圓的身體彎得更圓，正在除草。照料庭園的妖怪……這麼想想還挺討喜的。

『哦，有個「人」回來了。』

詩人伸手指著門的另一邊，有一群陌生的人進來了。

『哇，是骨董商人，好久不見。』

『骨董商人？』

那是一個穿著黑色大衣的高個子男人，左眼上戴著一個大眼罩。

有五個異常矮小的人挑著大型行李，待在他的四周。五個人全都戴著編織斗笠，深深地蓋住眼睛，身上穿著的服裝讓我聯想到中國人或是越南人。

男人率領那群奇妙的矮人，極其優雅地步行著。不過，不管是一頭全部向後梳的髮型、眼罩，還是短短的八字鬍，該怎麼說……真的很詭異！太可疑了！我總覺得這個男人的感覺，讓我回想起以前在童書裡頭讀到的魔術團老闆，或是專抓小孩的馬戲團團長。雖然詩人說他是『人』，可是這種傢伙，根本沒在現實生活中看過——至少我沒有。

『喲，大夥兒都聚集在一起呢！』

骨董商人用非常輕快的語氣說。他的輪廓很像西方人，唯一一隻眼睛也是灰色的。如果他是外國人的話，那日文說得還真標準。越來越可疑了。

『好久不見了，骨董商人。這次的進貨還順利嗎？』

『哦，是秋音呀！當然囉，買了不少好東西呢！來，禮物給妳。』

骨董商人送了一個漂亮的青色擺飾給秋音當作禮物。

『是「人魚的眼淚」哦！』

『謝謝。』

秋音笑著收下了。

『這個男生是稻葉夕士，新搬來的。』

『請、請多指教。』

『哦。』

骨董商人用那隻灰色的眼睛有點輕視地看著我，然後他摟住我的肩膀，從懷裡掏出一個白色碎片說：

『「獨角獸的角」，你有沒有興趣呀？我可以算你便宜一點。』

太、太可疑了！這傢伙到底是怎麼回事啊？

『別對菜鳥下手。』

詩人啪的一聲擋開了骨董商人的手。骨董商人氣定神閒地一邊笑著，一邊走進公寓裡。

那是人類？不管是外表還是感覺，明明都比我之前在這裡看到的『東西』還詭異啊！

『真的是什麼人都有呢……』

我有點受夠了似的說。

『真的是什麼人都有呀！』

詩人和秋音平靜地說。

『他叫做骨董商人，表示他是專門蒐集骨董來做生意的嗎？』

『嗯，他本人是這麼說。』

詩人和秋音都露出了苦笑。

『本人云，來往次元之間的生意人。』

『本人云，從古伊萬里❽到所羅門王的魔法戒指都蒐集。』

『本人云，向「妖精王」獻上左眼以示忠誠。』

『本人云，下人們是自動人偶，是使用魔術操控阿伯特斯・馬格努斯❾技術而做成的。』

『咦？可是我聽說下人們是帕拉塞爾蘇斯❿的「人造人」耶！』

詩人和秋音對看了一會兒之後，放聲大笑。我完全搞不清楚發生了什麼事。

『……總而言之，就是不能隨便相信的人嗎？』

『沒錯沒錯，就是這樣。』

兩人一邊笑得滿地打滾，一邊說。

有怎麼看都覺得是人類的妖怪，也有怎麼看都不像是人類的可疑人類。雖然我已經決定在這裡住下來了，不過還是有點擔心到底會不會出問題。

另一方面，這裡所有奇怪中的奇怪都是『現實』，和這些現實比較起來，之前存在於我眼前的現實還真有點無聊可笑。這點讓我的心情相當複雜，不知道該說是不甘心，還是可悲。

不過那天晚上，骨董商人在餐廳裡說的那些不知道是真是假、完全讓人無法置信的話，真是有趣得令人跌破眼鏡。

『要捕捉獨角獸，只能用清純的處女當誘餌，而今要找到這種「處女」可說是

❽『古伊萬里』是一種青瓷器，也就是江戶時代前期的有田燒。

❾阿伯特斯・馬格努斯（Albertus Magnus）是十三世紀時德國的基督教神學家，曾親自著手嘗試煉金術，並將結果編撰成冊。

❿帕拉塞爾蘇斯（Paracelsus）是文藝復興時代初期的醫生兼煉金術師。

難上加難呢！好不容易找到了很像處女的女人，結果竟然是個跟清純很難扯上關係的高利貸老太婆……』

骨董商人抽著帶有青草香味的細長香菸，說的話倒還像是真有那麼一回事，就算知道是臭蓋的，還是會不知不覺地聽得入迷。感覺就好像一個博學多聞的老伯說神話故事給小孩子聽似的。

在餐廳裡，骷髏老爺爺在喝茶，長髮女還是靜靜地坐著。不知道什麼時候，咖啡已經端上來了。山田先生看著體育報，秋音抱著小圓，詩人和我則聽著骨董商人的軼事大笑。有個青青白白的東西在窗外的暗夜中輕飄飄地浮了起來，不過我已經不太在意了。

星期一早上。

我被某個人搖醒，時間是七點。我忘了設定鬧鐘，那個把我搖醒的『某個人』並不在房間裡——果然。

我到洗臉台去的時候，發現鈴木婆婆在打掃廁所。

『早、早安。』

我們笑著彼此打了招呼。還是覺得～就算這麼想，接下來的每天我大概都會碰上這種事吧！我露出苦笑。

走到餐廳，秋音已經在吃著裝得滿滿的早餐了。

『早！從今天開始你就是高中生了呢！夕士。』

『是！』

就這樣，我的高中生活揭開序幕了。

条東商業學校的女學生比率比較高，我的班級一年C班就是二十二個女生對十個男生，女生的人數是男生的兩倍。開學第一天，每個人的臉上多少都帶有一點緊張的感覺，不過我卻覺得鬆了口氣。因為在這裡，大家都是人類——大概啦！

開學第一天就在校內的各項說明和見習當中結束了。我也去看了燒得一乾二淨的學生宿舍。雖然業者全都開始進行緊急工程，可是似乎還是要等到秋天才能入住。

『喂！稻葉。』

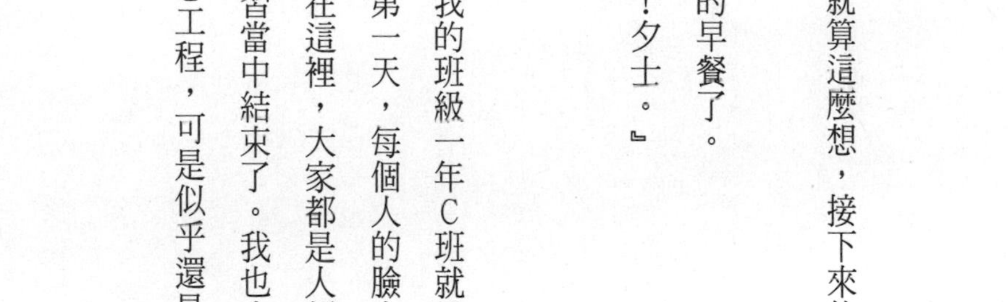

級任老師中谷叫我。

『聽說你一個人住在公寓裡？為什麼不直接留在伯父家呢？只是半年而已啊！』

『呃，那個……反正我也找到便宜的地方了。』

『便宜是很好，不過應該是個正派的地方吧？』

『啊，算是……』

『那就好了。如果發生什麼事情的話，要馬上說哦！直接打電話來我家也沒關係。』

『是，謝謝老師。』

我很感激這分心意，不過如果可以，我還是想盡量不要哭哭啼啼地說些示弱的話。

雖然長谷曾經對我說：『不要努力過頭了哦！』可是不努力，這個社會就不會認同我，如果不努力……我就會感到不安。

班上有一個原本也預計要住進學生宿舍的同學。

『真是嚇死我了。太突然了對吧？搞得我的計畫都亂七八糟了。我連在這裡的打工都找好了說～』

竹中抱怨著。竹中說他在學生宿舍重建完成之前，都要從家裡通車上學——是單程就要花上兩個小時的漫長旅程。

『你找到一個好地方了吧，稻葉？幹嘛不乾脆一直住在那棟公寓裡就好了？』

『咦？怎、怎麼可能啊?!』

『為什麼？』

說不出口。妖怪無限量出沒——我說不出口。

『還、還是住在學校的宿舍比較安心嘛！對家人來說也是。還有就管理啊、各種方面來說都一樣。』

『這麼說也是有道理。啊！對了，我下次去你住的公寓玩吧？』

『什麼?!啊，沒有……我還沒整理好。』

『整理好之後，我可以去嗎？』

『啊……嗯……』

糟糕了。要是被他知道我住在妖怪公寓裡的話，我一定會被當成妖怪的。

『其實，我真的很想說「來啊來啊」……呿！』

我低著頭鑽進公寓的玄關。

『歡迎回來。』

某個人這麼說。

『哦，是華子啦！她總是待在玄關那裡對大家說「小心慢走」和「歡迎回來」。』

詩人替我解說。

『就這樣？』

『沒錯，就這樣。之後你就會看到她的樣子啦！』

不，其實我並不想看。

可是，隨著日子一天天過去，我看得到的怪東西也越來越多。大概是我已經習慣了這個環境的關係吧！

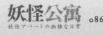

除了鈴木婆婆、山田先生或是小圓這些有『名字』的妖怪以外，其實還有各式各樣的妖怪棲息在這棟公寓裡。

像打麻將的那些傢伙或是在餐廳裡喝茶的老爺爺一樣常常在這裡出現的妖怪，還有偶爾出現的東西。

人類形狀的妖怪、與動物相似的妖怪、像植物一樣的妖怪、像昆蟲或是液體狀的妖怪，這些都還不算什麼，這裡甚至還有完全看不出來是什麼的妖怪。有說著日語的妖怪，也有說著外國話的妖怪。在我的房間倒還不太常出現，不過走廊、餐廳、起居室、澡堂，甚至在廁所裡面，總是有某些妖怪待著。搬來這裡才不過十天，我的內心已經涼了半截了。

『一色先生，為什麼待在這種妖怪環繞的地方，你卻不覺得有什麼大不了的？』

我一邊吃著晚餐，一邊問詩人。

餐廳裡還是老樣子，塞滿了各式各樣的妖怪。雖然沒有刻意發出什麼聲音，可是卻充滿了嘈雜的熱鬧氣氛，簡直就跟學生餐廳一樣。今天晚上待在這裡的人類只

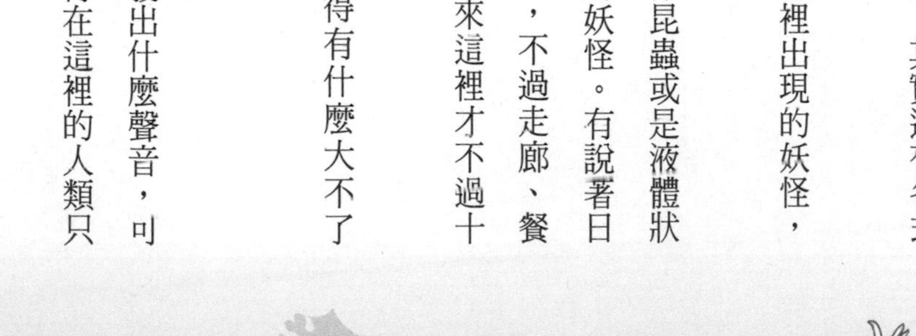

有我和詩人而已，感覺還真是不好意思。

『因為它們是很有趣的夥伴呀！』

詩人笑著回答。

『夥伴？妖怪？』

『沒錯。它們跟我們一樣，只是照著它們的方式過著普通的生活而已。當中有好妖怪也有壞妖怪，這點也跟我們一樣，完全相同哦！』

『……』

詩人好像有點奇怪呢！我心想。就算再怎麼無害，它們還是『妖怪』，是妖怪啊！為什麼詩人能夠認同它們的存在呢？而且還說什麼『夥伴』。對我來說，即使眼睛看到、肌膚感受到，我還是不想承認『妖怪存在』的這個事實。

『……嗯？我這種想法該不會是種族歧視吧？不不不，它們不算是人類啦！』

詩人打趣地看著一下子點頭、一下子搖頭的我。

這個時候，有一個人從餐廳入口走了進來。

『哇～溫泉真是太棒了！』

是女的。

『唔！』

我差點把中式嫩煎雞肉硬生生地吞進喉嚨裡。

那個女的穿著短褲、赤裸著上半身，掛在脖子上的毛巾勉勉強強地遮住了胸部。這模樣對高中男生來說，實在是太刺激了一點。

而且她的身材曼妙無比！細細的脖子下面是線條明顯的鎖骨，手腳修長，胸部到腰部有著圓滑的曲線，這根本就是超級模特兒嘛！在因為我是男人而猛吞口水之前，我更有種看到稀世珍寶的驚愕。

『麻里子，別那副樣子到處亂晃啦！』

『有什麼關係？看到這個也沒什麼嘛！一色先生。』

『我是覺得沒什麼，可是因為這裡有十幾歲的男孩子～』

『哎呀，原來如此。』

麻里子像個小孩子一樣哈哈大笑。

真是國色天香的美女。我生平第一次有種看到『活生生的美女』的感覺。

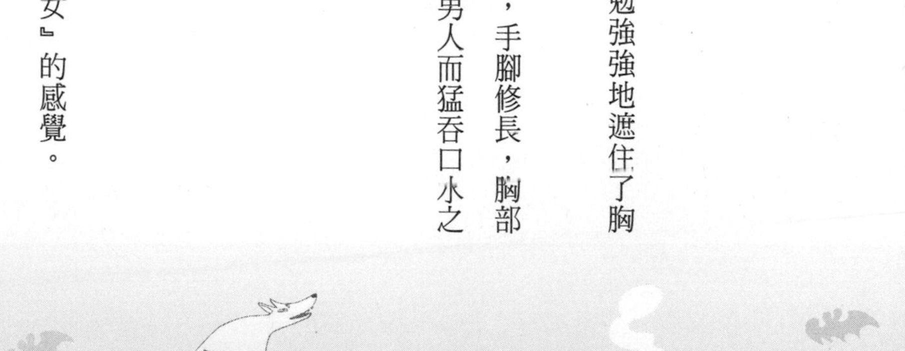

染成栗子色的長髮隨興地盤在頭上。大大的眼睛，可愛的鼻子，稍微有點厚的嘴唇很性感。頭部的小動作，還有說話的方式……真不知是有魅力得沒話說，還是這就是男人喜歡的類型。這就叫做『會撒嬌』吧！真是個從模特兒雜誌裡走出來的美人。

『我是麻里子，請多多指教，夕士。』

『啊，嗯、嗯。』

啊啊啊！求求妳不要彎腰，不然我就會看到整個胸部了。

『麻里子「以前」是人類。』

詩人說。

『以前?!那……是幽靈？』

麻里子笑著縮起了肩膀，每個動作都好可愛。她到底是個什麼樣的人呢？

『因為某些因素，所以沒辦法成佛～嘿嘿♪』

開朗明快地說完之後，美女幽靈便朝著廚房走去。

『琉璃子～給我啤酒，啤酒。』

洗完澡就喝啤酒的美女（但是是幽靈）……這裡真是什麼妖怪都有。

『哎、哎呀……麻里子真是個大美女呢（但是是幽靈）！』

連我都不禁讚嘆，結果詩人露出了苦笑。

『麻里子啊，可是會大剌剌地走進男用澡堂哦！記清楚了。』

『那……那就傷腦筋了……』

『她好像變成幽靈好一段時間了，所以大概已經對自己身為女性的感覺麻痺了吧！完全變成一個大叔了。』

詩人笑著說。

『因為某些因素而無法成佛是指……』

『你知道森住神社嗎？』

『啊，伊拉滋森林對面的神社嘛！』

『那裡有一個幽靈和妖怪的「托兒所」。』

『托兒所?!妖怪的？』

妖怪的醫院接下來是妖怪的托兒所嗎？照這走勢看來，一定也有妖怪的學校。

『麻里子是那裡的保母。』

『保母……』

『嗯~現在好像是叫做「保育士」吧？我不怎麼喜歡這個字。是哪裡的白痴想出這種說法的啊？根本就誤會男女平等了嘛！還是保母、保父比較好~』

我一邊聽著詩人的話，一邊看著麻里子。

不成佛而去當妖怪保母的人——為什麼？為什麼這個美女要走上這條路呢？我突然很想知道那個『某些因素』是什麼。

麻里子一邊喝著啤酒，一邊走出餐廳。離開的時候，她還給了我一個飛吻。

就在這個時候，原本鬧哄哄的餐廳忽然靜了下來。

『嗯？』

我環顧四周。剛才還吵吵鬧鬧的傢伙們，全都安靜了。大家彷彿像在探詢著某種氣息似的，看著牆壁的另一側。

不久後，某個妖怪一聲不吭地消失了，某個妖怪慌慌張張地離開了餐廳。妖怪的數量減少了將近一半。

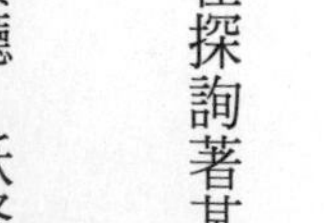

『怎麼回事？大家都怎麼了？』

『哈哈！這就表示龍先生回來了。』

詩人說。

『龍先生？那是……』

『二〇三號房的……「人」啦——應該。』

『應該……嗎……』

『他的可疑程度大概可以跟骨董商人拚個高下了。』

『你不確定他是人類嗎？』

『就像你看到的這樣，龍先生一來，很多妖怪都會逃走。根據他本人的說法，他好像是靈能力者哦！』

『靈能力者……就是跟秋音一樣嗎？』

『好像是高階很多很多的專業靈能力者，是秋音崇拜的對象。』

意思就是又有一個莫名其妙的人物要登場了。一個接著一個……真是的。

在秋音那次事件的時候，我也想過這個問題，到底專業靈能力者是什麼啊？這種東西真的成立嗎？說到靈能力者，我只想得到招搖撞騙的靈能力詐欺，還有可疑得要命的新興宗教而已，所以即使看到了秋音的那種能力，我還是無法跟『靈能力者』連結在一起。

可是，妖怪們的這些反應甚至可說到了戲劇化的地步。留在餐廳裡的傢伙們，也都屏氣凝神地綳緊神經。被它們的緊張影響，連我也在不知不覺間心跳加快了。

『一色先生，那個……靈能力者，實際上是在做些什麼事的人啊？』

『嗯，我也不太清楚。龍先生也是個謎樣人物，而且連本名都不告訴別人。』

『哦哦，就是「本名要藏起來」的那個規矩嘛！』

『應該是人類吧——應該。』

詩人露出了意味深長的微笑。

麻里子興奮的聲音從玄關傳了進來。

『是龍先生！你回來啦？哈哈哈哈哈！』

從聲音聽起來，她應該和龍先生相擁了吧！被裸體的麻里子緊緊抱住……有點傷腦筋呢！

『嗯，好了好了。我回來了，麻里子。喲，華子，妳今天穿的和服也很漂亮呢！』

非常清楚、聽起來很舒服的聲音從玄關傳了過來。從那輕輕安撫麻里子的聲音聽來，應該是年輕男子。我意外地這麼覺得。

『嗨！歡迎回來，龍先生。好久不見。』

『喲！一色先生，你好。』

看到出現在餐廳裡的人物時，我呆住了。

『龍先生』果然是個年輕的男人，年紀大概二十四、五歲。聽到『靈能力者』這個稱號，還有他可以跟骨董商人拚個高下，我還以為一定是個外表看來就很可疑的大叔，或是像悟道的和尚一樣的人。可是，他……瘦長的身軀上包著黑色的衣服（這點倒是和骨董商人一樣），長長的黑髮束在身後，是個非常……非常有型的美男子。我幾乎立刻想要問他：『是不是從事演藝工作？』

『靈能力者……？』

我的頭腦越來越混亂了。

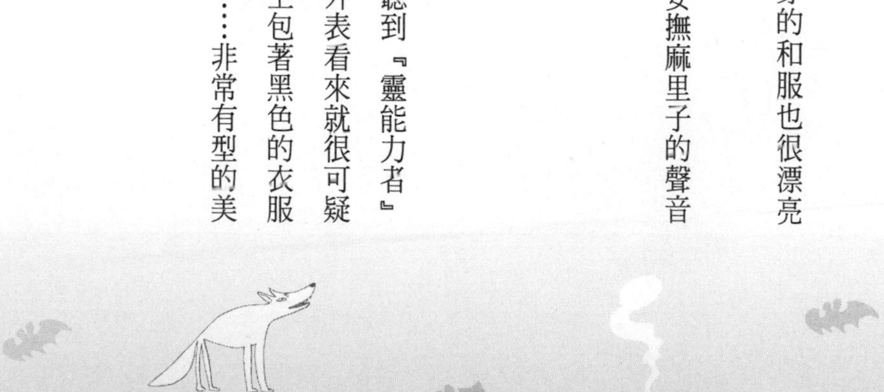

『哦，新人嗎？真是難得。』
『這是稻葉夕士，条東商校一年級學生，只在這裡待半年。』
『哦，學生宿舍好像燒掉了嘛？請多指教，大家都叫我龍先生，你也這麼叫吧！』
『啊，你、你好，我是稻葉夕士。請多指教。』
他伸出手來和我握手的動作真不知該說是優雅、洗練，還是有氣質。不對，骨董商人的行為舉止確實也都很優雅有型，可是……對了，是感覺，感覺不一樣！
『好帥哦……』
這個人讓我衷心有這種感覺。
龍先生握著我的手很溫暖，有活著的感覺。就像詩人說的，似乎『應該是人類』。
『不適應的時候可能會有點辛苦，不過馬上就會覺得沒什麼了哦！畢竟它們是理所當然的存在嘛，只不過在這裡看得特別清楚而已。』
龍先生這麼說完之後笑了。

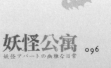

『理所當然的存在……』

他說了詩人曾經說過的話。

『理所當然的存在……只不過在這裡看得特別清楚而已……』

我不斷地在腦海裡重複著這句話。

龍先生吃了和我們相同的晚餐，看起來就像是個沒什麼不同的普通人。唯一不同的，就是四周的妖怪們一直盯著龍先生看，不發出任何聲音，也不動，簡直就像是在超級偉大的人面前緊張兮兮一樣。這就是所謂的『靈能力者』嗎？我一邊喝著咖啡，一邊問龍先生。

『所謂的靈能力者，是指……關於靈的專家嗎？』

『你有什麼問題嗎？』

『我在想，為什麼這棟公寓裡會聚集這麼多妖怪？』

龍先生微微點頭。

『對它們來說，這裡就像沙漠裡的綠洲一樣吧！』

『綠洲？妖怪的？』

『在過去，綠意和土地、水源很豐富，人類的心靈也都相當豐足，黑暗處處存在，所以我想妖怪們也就可以在各個地方棲息。可是，現在的人世間已經沒有自然，也沒有黑暗。人們都封閉自己的心，妖怪們也被迫四處逃竄。』

『你的意思是在以前，全世界就像這棟公寓裡一樣嗎？』

『沒錯。「不可思議」的事就在你我身旁，就在唾手可得的地方，就在人類的身邊。人類和不可思議的現象共存，是非常理所當然的事。人類將「合理性」、「便利性」視為優先考量而單方面捨棄的東西，並不是只有肉眼所見的自然而已呢！』

我好像能夠理解這番話的意思，不過又好像完全不清楚。

對於在現代出生的我來說，從出生到現在，這個世界都再普通不過。沒有綠意、沒有土地、沒有黑暗，也沒有怪物。可是文明進步，大家都生活得很便利。因為我只知道這樣子的世界，所以從來沒有想過其中的價值。以前和現在，究竟哪一個比較幸福，哪一個比較豐裕呢？

『這個答案，大概永遠不會有人答得出來吧！』

龍先生笑著說。

『隨著時間流逝，沒有東西是能維持永恆不變的。人們的生活、自然存在的方式、妖怪們的存在、幸福或豐裕，這些東西都是會一直改變下去的……』

聽龍先生這麼一說，我的心情不知道為什麼變得非常舒暢。這個人的聲音和說話方式，都深深地滲透到我的心裡，讓我更想多聽他說話。

『對你來說，這棟公寓的存在應該會成為不錯的刺激吧！』

龍先生這麼說完之後笑了。

『咦？』

『沒錯，沒錯。夕士啊，在每一次的驚嚇中，臉部的表情也漸漸變柔和了呢！』

詩人也這麼說，露出了笑容。

『無論痛苦或哀傷，都只不過是事物的一面而已。更何況你還那麼年輕，現實生活並不是全都那麼令人難受，只要你有心，可能性就無限大。只要改變一個想法，整個世界都會跟著改變哦！就好像你對事情的認知在一瞬間就崩毀了一樣。』

『……』

被看穿了。明明我們倆才剛見面啊！

自從來到這棟公寓以後，我的想法和認知全都頭上腳下地摔個粉碎，除了一笑置之外，我已經無法再多做什麼了，而在這樣子的過程中，我真的得到了許多歡樂。

只要一笑帶過就可以了——我曾經這麼想過——似乎也沒必要被自己的想法和認知束縛。不過實際上，我還是做不到。

『你的人生還很長，世界也無比寬廣。放輕鬆一點吧！』

龍先生的話語讓我的胸口緊縮。我沉默地點點頭。

原本依照我的個性，在聽長輩說這類話時，即使裝作在聽的樣子，通常也不會接受對方的說法。可是龍先生的話卻能讓我一一認同地點頭，大概是因為這個人的大器量吧！

『靈魂雖然會隨著時間永遠存在，可是我們只能瞥見短短的一瞬間，我們人類自身的存在也岌岌可危。在不停旋轉的時間和命運巨輪之前，在大宇宙之下，在無限次元的縫隙之間，我們人類就連一顆沙礫都算不上。然而即使如此，人類仍舊是撐起這個次元的中心，這是不會改變的。生存、生活、活動，全都是支撐這個次元的動力。這樣，一個次元的生命就會不停輸送出能量，就像是環環相扣的鎖鏈一樣。不管是什麼樣的形式，活著必定有其使命、有其價值，擔起貫徹宇宙的縱軸另一端。』

我聽不太懂這段話，但是不知道為什麼，聽了之後我總覺得心情很好。感覺就好像在聽詩句朗誦一樣，就算聽不懂話語的意思，其中蘊含的意念，彷彿也會透過『聲音』直接傳達到腦海裡……就是這種感覺。我還想多聽一點。拜託再多說一點吧！龍先生就是一個會讓人有這種感覺的人。

那天晚上，我纏著龍先生，請他說了各式各樣的事情給我聽。話題當然包括了超自然，其他還有人類的事情或是社會、宗教的種種，真的非常廣泛。

龍先生的知識和洞察力高深廣博，甚至讓人懷疑他根本沒有不知道的事，他總是說出最精準的回答和意見。

我感受到這些觀察深入、觀點超然的話題，漸漸地在我的心中蕩漾開來，和骨

董商人誇大不實的漫談恰巧成為最好的對照。這麼一想，我忍不住笑了出來。存在於這棟公寓裡的『混沌』，實在相當有趣。

等我回過神來的時候，已經是早上了。『某個人』再度把我搖醒。

『早、早上啦！我是什麼時候睡著的啊？』

七點。彩繪玻璃被朝陽照得閃閃發光。

明明應該沒有睡多久，可是頭腦卻非常清爽，心情也跟著好起來。龍先生和詩人到底聊到幾點呢？雖然這些話題很艱深，我也不太能接受，不過即便如此，我還是覺得自己的世界變得好大，也覺得自己好像稍微變聰明了。

我走出房間的時候，對著那個把我搖起來的『某個人』說了謝謝。雖然有點難為情，不過我想我應該表達了我純粹的謝意。

鈴木婆婆今天也在擦拭走廊。起居室裡，小圓和小白並排坐著看電視。雖然這些傢伙有點奇怪，雖然他們不是這個世界上的東西，可是毫無疑問的，他們都是和我同住的夥伴，而且只有半年。我總有一天會離開這裡；總有一天，會連這裡的妖

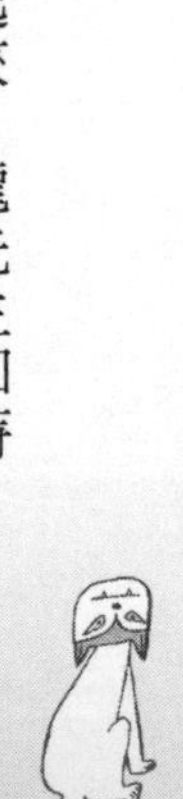

怪們都忘記吧！龍先生說，那樣也沒關係。所以我決定輕鬆面對這一切了。

我在十三歲的時候失去了爸媽，不得不單獨一人在這個殘酷的世界上生存。我既不想輸給這個世界或是我自己，也輸不起，所以每當我回過神來，都會發現自己總是緊繃著肩膀。即使眼前出現了超越常理所能理解的問題，只要不到腹背受敵的程度，不管面對什麼狀況我都得克服。除了克服之外，我也別無他法吧？這樣義無反顧的生存方式，總讓我有種悲壯的感覺。

然而，在這個異質空間當中，有態度超然地活著的詩人和畫家；有同樣是人類，卻生活在不同世界的秋音和骨董商人。在我知道甚至連『普通』這個觀念都很多元，又被龍先生建議『哎呀，你就放輕鬆一點嘛』之後，真的覺得自己應該辦得到了。

『因為啊，我所認知的世界，就跟這～麼小的小指指甲一樣又小又窄耶！在這種地方堅持己見，簡直跟白痴沒什麼兩樣。』

突然有種放了氣的感覺。這個世界，可能大得超乎我所想像的也說不定。老是緊繃著肩膀，是撐不下去的。

『你的人生還很長，世界也無比寬廣。放輕鬆一點吧！』

我再次想著龍先生說過的話，彷彿魔法咒語一樣。

不努力的話，就會不安。可是，不安的感覺永遠持續，我也受不了。

放輕鬆一點吧——我能這麼想了。我終於有辦法這麼想了。

所以，今天早上琉璃子的早餐又美味了一倍！烤竹筴魚、馬鈴薯洋蔥味噌湯、鹿尾菜、培根蛋，怎麼會這麼好吃啊?!

『這裡的蔬菜、魚啊什麼的，全都是妖怪們種的和養的喲！』

我被詩人這番話嚇了一跳。

『妖怪也會種田嗎？』

『因為妖怪本來就是「山裡的妖精」或「森林的妖精」等與自然共存的東西啊！聽說靠種菜、摘樹上的果實或是捕魚、飼養家畜維生的妖怪們也很多哦！』

『用現在的說法來形容，就是自然主義者囉。』

秋音一邊吃著點心——六角堂的『超級大紅豆麵包』，一邊說。

『自然主義者啊……』

在很早以前，人類和妖怪可能就是像這樣共同生活的吧。妖怪們現今仍然一如往常地以『森林的妖精』的身分，來販售自己種的蔬菜。現在是賣到這裡來——不對，搞不好它們也有賣給附近的超級市場呢！

『對了，夕士，你的中餐怎麼打理？在學生餐廳吃嗎？』

詩人問。

『嗯，去學生餐廳或是買麵包來吃。』

我回答了之後，詩人一邊露出賊賊的笑容，一邊說：

『小琉璃說她可以幫你做便當哦！』

『咦？真的嗎？琉璃子。』

我朝著微暗的廚房回頭。一個便當盒被人怯生生地從櫃台遞了出來。連中午都吃得到琉璃子超級美味的料理了！我飛奔過去。

『嗚哇，謝謝，真是幫了我一個超級大的忙！』

『小琉璃做的料理真的很好吃嘛！所以，即使小琉璃是妖怪，你也完全不在意嗎？夕士。』

我挺起胸回答。
『是的，我完全不在意，不管琉璃子是什麼樣的妖怪都一樣。』
『可是琉璃子只有手腕以下的部分而已哦！』
詩人打趣地這麼說。秋音也跟著笑了。
『啊？』
我下意識地望向黑暗的廚房裡。這個時候，我第一次看到了琉璃子的模樣。一雙白色的手浮在空中，好像很不好意思似的扭著手指頭。琉璃子真的是『只有手』而已。我背上的毛孔全都啪——地張開了。
『嗚哇啊啊啊！果然還是沒辦法接受——』
我喊道——在心裡。
『沒關係沒關係沒關係……料理就是料理……而且反正很好吃……』
我像是唸咒一般說給自己聽。
『我走囉！』
我和秋音帶著琉璃子準備的便當，從妖怪公寓飛奔而出。

在庭院裡澆花的山田先生揮手送我們，龍先生也從二樓的窗口向我們揮手。一個全身通紅的孩子坐在屋頂上眺望著天空。

今天就來提筆回信給擔心得接連寫了兩封信給我的長谷吧。

我會寫『我很好』、『過得很開心』。當然，不會提到妖怪的事啦！

午休時間，我悄悄地打開琉璃子準備的便當盒，雞肉羊小排上綁著緞帶以方便我拿取，香腸也貼心地切開了，沙拉裡頭的胡蘿蔔還是星星的形狀，真的是從任何一個地方都可以看到滿滿的心意，而且一眼就可以看出這是專門為了發育中的男生製作的——營養、分量，全部滿點。

『真、真不愧是琉璃子。』

我飄飄欲仙了。

『哇！看起來好好吃——』

從一旁偷看到的竹中忍不住發出讚嘆。

『我來試一下味道。』

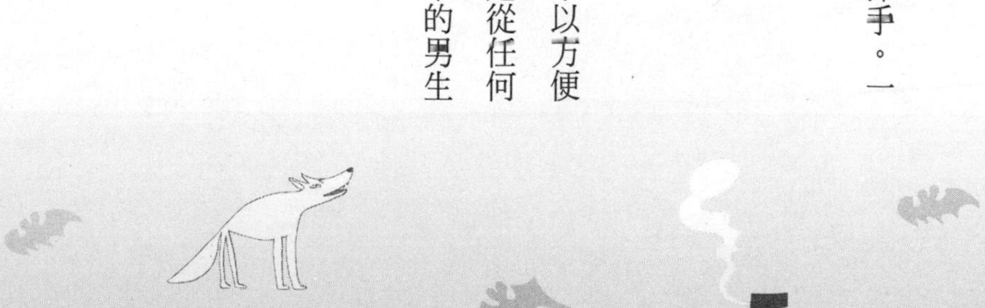

竹中偷走了一個肉丸子。

『啊，你這傢伙……』

我在一瞬間緊張了一下——因為我不敢確定除了那棟公寓居民以外的人，會不會同樣覺得琉璃子的料理好吃。搞不好我只是因為被施了魔法，才會覺得琉璃子的料理美味也說不定……我這麼想著，結果看到眼前的竹中皺起了臉。

『太、太好吃了吧！這是誰做的啊？咦，該不會是交了女朋友了吧？』

『才、才不是。是公寓裡負責伙食的人幫我做的。』

『好好哦！好好哦！你住的那棟公寓還真了不起呢！』

我鬆了一口氣。同時突然覺得有點沾沾自喜，因為竹中看起來好像真的很羨慕的樣子。

『琉璃子……即使只有手也沒關係！』

我一邊細細品味著便當，一邊打從心底這麼想著。

季節交移。

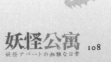

在不知不覺間，天空泛藍，日照變強，初夏的風吹過城鎮的各個角落。

因為春天的校內球類運動大賽和期中考，我不是讀書、跑社團，就是和朋友們出去、和長谷見面……優優閒閒地享受著所謂的普通高中生活。

我也完全習慣公寓裡的生活了。雖然偶爾在不太眼熟的妖怪出現的時候，我還是會嚇一跳，不過來這棟公寓的全都是『好妖怪』。知道這點之後，我反而覺得在条東商校內或是附近遊手好閒的不良少年，才是真正令人不快的存在。不過拿這兩者來比較是有點那個……

『不良少年什麼的……我是不知道他們到底在不爽什麼，但他們只不過是擺出一副反抗既有體制的樣子罷了，到頭來還不是只會跟社會或親人撒嬌。我才沒那個閒工夫去反抗世界呢！』

一看到那些傢伙，我就會產生這種想法，而且還會覺得很反胃——即使我知道，那是因為自己連可以撒嬌的親人都沒有才產生的『偏見』。

在游泳池已經開放，夏天的日照強烈得令人感到刺眼的某一天，放學回家途中，我在漢堡店看到了竹中。我原本打算喊他，卻因為看到和竹中混在一起的那群感覺不太有水準的傢伙們而放棄了。他們用腳踹出椅子坐著，垃圾丟得滿地都是，身穿制服還大剌剌地叼著香菸吞雲吐霧。混在其中的竹中似乎感到很開心。

雖然我和竹中的感情並沒有那麼好，不過再怎麼說也是在班上坐隔壁、經常說話的那種交情。因為竹中瘋狂喜歡琉璃子的便當，所以每天死皮賴臉地要求我分點什麼給他吃。拜竹中老是說『超好吃、超好吃』所賜，現在我的便當已經是全班羨慕的焦點了。我把這件事情告訴琉璃子之後，琉璃子又害羞地扭著手指頭。

而且竹中好像還一心以為這位琉璃子小姐是一個『年輕貌美的大姊姊』（我明明只說過她有一雙非常漂亮的手而已），不時會纏著我說什麼『讓我去你的公寓玩啦』、『介紹琉璃子給我認識嘛』，為了搪塞他，我可是費盡苦心。所以他對我來說，絕對是一個想要好好珍惜的同班同學。

人類很容易被各式各樣的『惡』吸引。高中時代萌生的『抽根菸也沒什麼』的想法……從這種微小的好奇心，到偷盜殺人這種黑暗的欲望，總之，人類會被惡所吸引。

『因為那是人類的業障。』

龍先生這麼說。雖然我聽過什麼人類擁有的破壞本能、還有反抗體制進而締造歷史的經過等等艱深的話題，不過說到底，竹中的存在並沒有那麼高尚，只不過是抱著高中生程度的好奇心，被『惡』所吸引而已吧！如果真是這樣的話，我想，要從其中脫身應該也不是什麼困難的事才對。

『不要再跟那些傢伙混在一起了啦！』

我曾經試著對竹中這麼說過，結果他牽起嘴角笑了一笑。我總覺得那個笑容很討厭。

『你太認真了啦！稻葉。』

這句話也帶著某種不好的感覺。

『沒事的，沒事的，我只是隨便和那些傢伙混著好玩而已。不說這個了，稻葉，等到宿舍蓋好之後，你還是會搬回宿舍嗎？』

『啊？哦，那是當然……』

『你要離開那麼棒的公寓哦？太浪費了吧！』

『你又沒來過公寓，還說得這麼理直氣壯。』

『那你就帶我去玩一次嘛！』

『哦哦，呃，我也有很多事情要忙……』

新宿舍的完工時間預計在八月底左右。住宿生只要找到自己方便的時間再搬進去就可以了。甚至還有學生要等到寒假才準備搬進去，原因是學校在下學期的活動很多。我正考慮要不要在還沒開始忙活動、期中考之前那時候搬進宿舍。

認識那棟令人難以置信的公寓裡頭的居民，真是讓我大開眼界。現在的我則是若無其事地在那裡生活著。

『真的……很不可思議呢！』

一想到離別的事，我就有種莫名的深刻感慨。

我一邊想著這些問題，一邊等公車，結果，一起參加英語會話社的女生田代出現了。

『嗨！』

『喲。』

和國中的時候比較起來，我已經比較能輕鬆地和女生說話了。『你的臉上好像寫著：敢過來我就砍了妳。』長谷曾經這麼說過。我現在的表情應該稍微柔和一點了吧？如果是的話，絕對是那棟『妖怪公寓』幫的忙。

其中，要算秋音的功勞最大。就各方面來說，她都徹底顛覆了我心目中的女生形象。

公車到站了。打算先繞去文具店晃晃的我，開始走上車站前面的道路。田代和她的朋友們走在我前面——事情就是在這個時候發生的。

就在我想著『哦，原來田代也要順道去別的地方』的瞬間，我的心裡突然紛亂了起來。

『怎、怎麼了？』

剎那間，我以為是自己的身體不舒服。但是不對，有種討厭的感覺。我不知道那是怎麼樣的討厭，就只是一種不好的討厭感覺，那是在我看著田代的時候感覺到的。我非常困惑。

『怎麼回事？田代怎麼了嗎？該不會是……我討厭田代吧？』

田代一面和朋友開心地談笑，一面向前走著。完全無法將視線從她身上移開的我焦急得亂了方寸。

『糟糕了、糟糕了、糟糕了……可是，到底是什麼東西糟糕了？』

那一瞬間，一輛摩托車從橫向道路衝了出來。

『這個……！』

在我恍然大悟的時候已經太遲了。傳來一聲超大的『喀嘎』聲，還有女生們的慘叫聲。田代直接被摩托車撞倒，她的朋友們也全都被撞飛了。

『田代！』

『嗚哇——！』

田代倒在地上放聲大哭，她的朋友們則昏了過去。

『田代！』

我飛奔到田代身邊，只見她緊緊抓住我的手臂，放聲大哭。

『好痛！我的腳好痛啊！』

我一看，發現她的右腳膝蓋以下的部分已經彎曲成很奇怪的形狀，連腳的骨頭

都跑出來了，鮮血不斷噴出。就算是外行人，也看得出這是非常嚴重的傷勢。因為實在太痛了，田代甚至連昏厥過去都沒辦法。

『振、振作一點，很快就會有人來幫妳了……』

『好痛好痛好痛——！』

聚集在周圍的人正在通報醫院和警察。而此起彼落的怒罵聲，大概是來自那些逮住摩托車騎士的人們吧。

『救救我，稻葉！救救我！好痛哦！』

血色迅速地從田代的臉上消失。雖然知道一定得先止血，但是我根本不曉得能不能觸碰這麼嚴重的傷口，也不曉得可不可以移動她的身體。我的大腦瞬時變得一片空白。

『我明明知道……我明明知道妳會出問題的……』

我用盡心力，緊緊握住田代倚賴著我的雙手，結果——

周圍的嘈雜聲突然迅速遠去。田代哭泣的臉龐和周圍人牆的騷動，在我眼裡看來反而全都變成慢動作。

『……奇怪？』

感覺好像有某些東西透過了我和田代相握的手，朝著我這邊流了進來。那好像是黏黏稠稠的溫熱液體，顏色又紅又黑，還閃爍著純白的光芒。我當然不是親眼看到這些東西，不過腦海中就是浮出了這樣子的印象。

『哦……哦？』

然後，隨著這些不斷地向我逼來，我的身體便開始變得沉重，心臟也開始撲通撲通地跳了起來。同時，一直盯著我看的田代，臉上的表情卻漸漸緩和了。她吐了一口氣，接著失去了意識。

丈二金剛摸不著頭緒的我，完全不知道發生了什麼事，只能待在原地動彈不得。我的頭痛得要命，身體重得和鉛塊一樣，汗水直冒。

『夕士！』

在人牆當中忽然冒出來的臉孔，正是秋音。

『啊，秋音……』

一發出聲音，我便開始頭暈目眩。

『快找人拿毛巾來！救護車呢？那邊那個女孩子有沒有事？』

『她只是昏過去而已。』

『救護車馬上就來了。』

秋音用毛巾覆蓋在田代的傷口上，然後拆下自己制服上的領帶，纏住田代的大腿。

『對不起，我……好像有點貧血……』

雖然很遜，但是我完全認為自己絕對是看到田代的傷勢和失血之後，才引發貧血症狀的，然而秋音卻搖了搖頭。

『這個女生的出血已經止住了。是你止住的哦！夕士。』

『？』

『等一下哦！我現在幫你把那個放出來。』

秋音把一隻手放在我的額頭上，另一隻手由下往上撫摸著我的背。

當她這麼做了之後，我感受到那個黏黏稠稠的東西流到了秋音摸著我額頭的手，然後忽的從身體當中衝出去了。

『呼……』

身體慢慢地變得輕盈，頭痛和心悸症狀都逐漸穩定，也不再流汗了。

我瞪大眼睛看著秋音，秋音則對我露出笑容。

救護車和警察都來了，田代她們被送去醫院，肇事者、我以及其他幾名目擊者都被帶到警察局去。那個時候，我的身體已經完全恢復原狀了。那陣痛苦的感覺簡直就像是完全未曾發生過似的。

筆錄作業結束得比我想像中要來得早，這讓我覺得相當慶幸，因為回到公寓的時候，我已經餓得頭昏眼花了。

『你回來啦？辛苦了！』

秋音特地向打工的地方請了假，等我回家——還有琉璃子的特餐！

從薄肉片豆皮捲、味噌醬烤茄子到鯛魚生魚片，全都高級得不得了。鯛魚魚雜的部分不僅烤過，還貼心地切開；削成薄片的牛蒡加上高湯、雞蛋熬煮成的鯛魚柳川鍋，澆淋在色香味俱全的白飯上食用，大膽！配菜是夏季時蔬和海鮮大滿載的石板炒麵，光是聞到在石鍋中發出滋咻滋咻聲音的炒麵散發出來的香味，就讓人覺得有種精力倍增的韓國風味，真是絕世美味！

『好、好好吃哦~琉璃子！』

『這是努力過後的獎品哦！夕士。』

『我、我什麼都……啊，對了，那個受傷的女生叫做田代，跟我參加同一個社團……』

我告訴秋音當初在田代身上感受到的不好的預感。秋音一邊點著頭，一邊聆聽。然後，她說了這麼一句話：

『夕士，你可能有靈能力者的資質哦！』

『啊？我有？』

『你好像受這個環境影響很大的樣子，能力漸漸地被開發了。』

我不知道該如何接受秋音說的話。連靈能力者的存在都不知道的我，竟然被人說有靈能力者的資質？

『你說你看著那個女生，然後突然覺得非常難受嗎？那是因為啊，那個女生傷

勢的負擔被你接收了的關係。』

『接收……傷勢的負擔？』

『就是夕士把那個女孩所受到的負擔轉移到自己的身上。她的狀態變得比較穩定、停止出血，都是因為這樣。』

『那、那種東西是可以轉移的嗎？』

『這是一種和對方synchro（同步）的能力，是經常用於心靈治療的方法哦！』

秋音拿了兩個杯子，在餐桌上並排放著，然後把水倒進其中一個杯子裡。

『把這個身體受到的傷害，轉移到更強壯的身體上。』

秋音一邊這麼說，一邊將杯子裡的水慢慢倒進另外一個杯子，接著向我展示已經倒空了水的杯子。

『在傷害消失的期間，就是在治療這個身體上的傷。我對夕士所做的，就是把被轉移到這裡的傷害……放生。』

秋音喝乾了杯子裡的水，現在兩個杯子都空了。

『哇～』

我真誠地感到佩服。那個時候從田代那邊流過來的濃稠玩意兒，就是田代所背負的傷害嗎？透過秋音的手從我身體裡釋放東西出去的感覺，我也記得一清二楚。

『可是沒有什麼具體的疼痛感耶！』

『身體和心理的負擔，是用「疲勞」這種形式來顯現的。』

『這麼說還真的是這樣，就好像盡全力快跑一樣，心臟撲通撲通地跳，有貧血的感覺，肚子還會很餓。』

『如果夕士沒有接收傷害的話，那個女孩子現在的傷勢應該會更嚴重。你做了件好事呢！』

『哈哈！』

這算是好事嗎？有了這種能力之後，我該怎麼做才好呢？只要一看到受傷的人，就跑去接收對方的傷害嗎？

『不用那樣啦！今天這次只是巧合的重疊而已：那個女孩是你熟識的人，那個女孩會遭遇意外的命運，還有那個時候夕士剛好在想那個女孩的事。即使是修行到相當程度的人，能力也是有波動的。夕士只是受到住在這裡的影響而已，所以才會碰巧接收到電波。沒什麼大不了的。』

秋音心平氣和地對著我微笑。我放下了心頭的大石。

好不容易才決定要普通地過生活的，要是多了這種能力的話，會讓我很傷腦筋。幸好那個時候秋音剛好從那裡經過，不然如果我一直帶著田代的傷害，不知道會變成什麼樣子，說不定現在已經躺在田代旁邊的病床上了。

『不過還真不可思議呢，竟然會擁有自己想都沒想過的能力……』

像這樣，人類體內或許沉睡著各式各樣的才能。而這些才能若要綻放，也許『巧合』這個要素是不可或缺的。

第一學期的結業式結束之後，英語會話社的社員們一起去探望田代。

田代的右腳上有三個地方骨折，而且骨頭刺穿皮膚的地方還縫了二十針以上，是得等上兩個月才能完全康復的重傷。不過，不幸中的大幸是現在剛好是暑假來臨的時候，這麼一來，她還可以賺到一個半月的時間休養，等到新學期開始的時候，她應該也可以正常上學了。

『大家暑假要玩得開心一點哦！真可惜，我還買了新的泳衣說。』

田代出乎我意料地有精神，氣色也還不錯。

『聽說我腳上的動脈好像被切斷了，但是被送到醫院的時候，出血卻已經停止了，而且好像連醫生都不知道為什麼傷口會不再流血哦！他們還說，原本我應該會流更多血，傷勢應該更嚴重才對。』

大家聽到這段話，全都覺得相當不可思議。

『稻葉。』

突然被叫到名字時，我嚇了一跳。田代對著我伸出了手，我雖然覺得有點莫名其妙，不過還是和她握了握手。

『當時真是謝謝你，稻葉。謝謝你救了我。』

『沒有，我什麼都……』

田代搖了搖頭。

『那個時候啊，我真的痛到覺得自己快要死掉了。可是看到稻葉的臉之後，我的身體卻突然唰——的變得很輕……簡直就像是稻葉把我的疼痛和不舒服全都吸走了一樣。真的啦！』

我的心臟撲通撲通地跳著。原來田代也感受到那個時候的synchro了。

『妳那個時候昏倒了啊！』

『或許是吧！但是我真的覺得很不可思議，原因是什麼我也說不上來，就是非常……不可思議的感覺哦！謝謝你。』

握著的手猛然增加了力量。

說著謝謝的田代，臉上的表情好漂亮。

不知道為什麼，我突然覺得有點激動。我感覺又有某種東西透過我們交握的雙手，從田代那裡傳過來了，那是非常溫暖、澄淨而美麗的東西。

啊啊……活著的喜悅。是活著的喜悅。

我這麼確信著。光是這樣的東西就感動了我，那是令人鼻酸，甚至讓人感到悲傷、惆悵的美麗東西。

小圓和小白

時間邁入了暑假。

我在送貨公司打工、和英語會話社一起跟當地的外國人交流、和長谷等朋友一起去露營，每天都過得忙碌又快樂。拜琉璃子親手做的料理和公寓裡的溫泉所賜，我的身體狀況好得不得了，身心方面都變得相當充實。什麼事都不用做的日子，我就在公寓涼爽的後廊上看書度過。真的是非常非常幸福。

妖怪公寓前院裡的樹木在夏日豔陽的照射下，散發出迷濛的美感，花草也都活力十足。薊花和向日葵都很漂亮沒錯，不過一旁的桔梗和山茶花也不知為何全都開花了。沐浴在燦爛的日照下，花兒們感覺似乎有點熱壞了。日復一日，山田先生揮著汗奮力拔除雜草。

在繁茂的樹蔭下，起居室東側的後廊上吹撫著清涼的風，無論什麼時候都很涼爽，令人心情舒暢。躺在地板上打盹的時候，琉璃子還會端杯冰咖啡出來。

『夕士，露營好玩嗎？』

平靜安穩的午後時光，我和詩人一邊喝著咖啡，一邊坐在後廊閒聊。畫家把疊成一堆的畫冊當作枕頭，正在睡午覺。

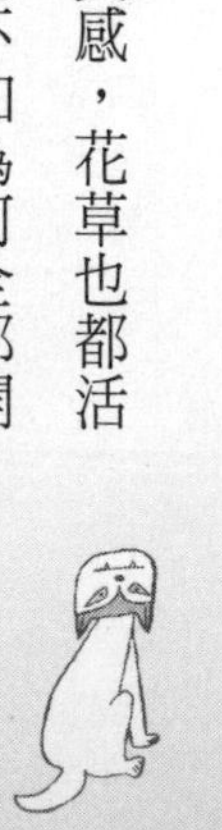

『嗯。這是我第一次烤肉，超級好玩的。』

『烤肉啊……下次就在這裡的院子裡烤烤看吧！』

『哦，不錯耶！』

『就在你離開之前來烤好了，怎麼樣？』

『……』

在唧唧鳴叫的蟬旁邊，某個不知是什麼的東西靜靜地停著不動。如同透明水母般的浮游物體橫切過視野。這都是我早已習慣的日常生活了。

『夏天結束之後，我們就要分離了呢！』

『對呀……』

『這裡的生活很有趣吧？』

『嗯，真的！』

我們兩人都笑了。

在未來的某一天，我們曾經在後廊閒聊的記憶也會流逝在遙遠的彼端。懷疑這一切是否真的發生過的那一天，究竟會不會來臨呢？

『那也沒關係哦！』

不知從何處傳來了龍先生的聲音。

每個人都有適合各自生存的地方，每個地方也會有每個地方的常理和思維。人們只要順應著這些東西活下去就好了。

只不過，那個世界並不是全部。世界是更廣大的。

是否了解這個事實，將造成每個人人生的重量和深度全然不同。這間妖怪公寓，就是這麼告訴我的。

『我過去的人生和未來即將展開的人生，已經完全不同了哦！』

我充滿自信地這麼說。

『太誇張了吧！』

詩人大笑出聲。

這個時候，周遭的氣氛瞬間靜了下來。我已經知道這是代表某個力量強大的東西來臨時的感覺了。

『是龍先生嗎？』

詩人也朝著門的方向看過去。

突然，躺在畫家一旁睡覺的小白大吠出聲。我還是第一次聽見那隻狗吠叫。那隻白狗總是黏在小圓的身邊，像是在守護小圓般和他待在一起。由於小圓完全不說話，所以我還以為小白也不會叫。

『啊，小茜大姊來了。』

看到小白的模樣之後，詩人才一副理解的樣子說。

『小茜大姊是……妖怪嗎？』

『嗯，應該算是妖怪吧！唔……這樣啊……』

詩人這樣子的說話方式是非常少見的。話說得不清不楚，又好像有點不太專心，而且他看著睏倦地揉著眼睛的小圓時，眼中的某處似乎帶著晦暗。坐起來的畫家看著小圓的眼神，也和平常不太一樣。

『怎麼回事啊？』

我嘗到了久違的心跳加速的滋味。某個從未體驗過的東西逼近了。

小白搖著尾巴，看起來似乎很開心。

然後，從起居室門口鑽進來的是一隻超級大的狗。我倒抽了一口氣。

『──！』

『小茜大姊』──這就是嗎?!

用雙腳站著的大狗，身高比我還高，超過一百七十公分。牠穿著一身白底紅色楓葉圖案的漂亮和服，有著好大的耳朵和發出燦爛光芒的紅褐色眼珠。咧開的大嘴巴裡面整齊排列著狗的牙齒，血紅色的舌頭垂在外面。雖然我應該已經看慣了大部分的怪物，不過還是被牠強大的魄力嚇到了。

小圓和小白樂不可支地靠了過去。小茜大姊撫摸著小白的頭，然後溫柔地抱起小圓。然而，牠疼愛地舔著小圓的模樣，根本像是隨時都要一口吞掉小圓似的，感覺很恐怖。

『嗨，小茜大姊。辛苦您了。』

小茜大姊對著這麼說的詩人笑了。狗，笑了。

『這位是稻葉夕士。』

小茜大姊走到我的身旁。我實實在在地感受到，這並不是那種如同空氣密度變大一般的壓迫感，或是體型巨大、外表嚇人，而是『靈壓』這種東西。我拚命地支撐著隨時都會癱軟的身體。

『初、初次見面。我、我是稻葉夕士。』

看到我這副樣子，詩人和畫家拚了命地憋著笑。小茜大姊瞇起了紅褐色的眼睛。

『真是個可愛的男孩子呢！』

這個聲音……簡直就是大野狼說人話時的聲音嘛！犀利而嚇人的聲音，光是聽了就讓人毛骨悚然了！感覺就好像連聲音裡頭都潛藏著靈氣一樣。小茜大姊就用這個聲音哄著小圓。

『過得好不好呀？嗯？糖果好吃嗎？有沒有什麼想要的東西呢？』

小茜大姊還溫柔地用鼻子頂著小圓的臉頰。小圓雖然面無表情，不過用自己的小手摸著小茜大姊的他，感覺起來還是相當開心。雖然我是覺得小圓本來就是幽靈，根本無所謂過得好不好的，不過撇開哄人的和被哄的兩方都不是人類這點不談，看起來真的跟一般的親子沒什麼兩樣。

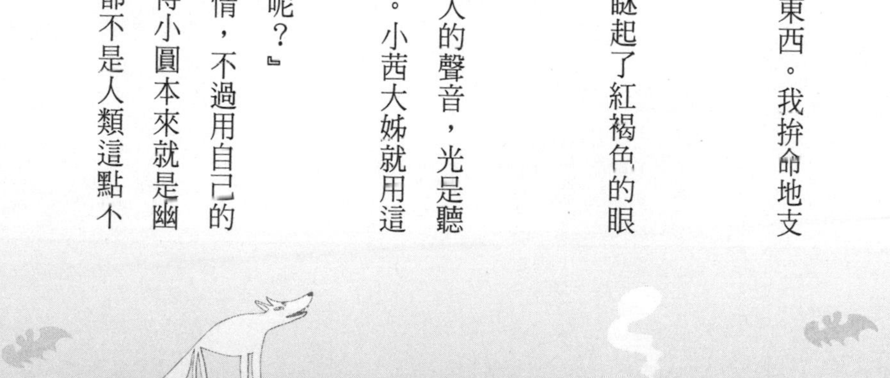

『小茜大姊是來看小圓的嗎？』

我問詩人，不過詩人卻只曖昧地回答了『大概吧』。狀況果然有點奇怪。

『媽媽來了，就表示今天晚上那個會來囉？』

畫家問。小茜大姊對畫家點了點頭。

『那個……？』

我看著詩人。詩人露出了有些困擾的表情。

『夕士會看到討厭的東西了呢！』

『是、是什麼？這裡不是沒有不好的妖怪嗎？』

詩人點點頭。

『可是有時候會有不好的妖怪來訪哦！有過門不入的妖怪，也有像今天一樣，專程跑來這裡的妖怪。』

『……』

『就是小圓的母親。』

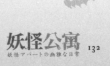

真是令人震驚的故事。

小圓是被自己的親生母親殺死的——而且還是虐待致死。

『那個東西渾噩度日，還把被男人拋棄、生活不順利的怨氣全都推到小圓身上，一直虐待小圓。』

小茜大姊溫柔地撫摸著坐在自己膝蓋上的小圓的頭髮，對著我娓娓道來。

小圓的母親是個從鄉下地方離家出走的年輕少女，因為遇到了不喜歡工作的男人，所以過著非常困苦的生活。

然而，小圓的母親原本個性就隨隨便便、擅自妄為，所以男人自然也不可能珍惜這樣的女生。在被男人拋棄了之後，為了釣到下一個男人，小圓的母親便徘徊於燈紅酒綠的街道上，勾搭上更沒水準的男人。這樣的惡性循環一直持續著。

『所以，那個東西總是獨自一人怨嘆著自己的生活，不停煩惱著為何自己得不到幸福。就在那個時候，她懷孕了，孩子就是小圓。』

因為生下了小圓，所以小圓的母親便被當時交往的男人拋棄。剛開始的時候還好，可是當男人聽到小圓生出來之後，立刻開始疏遠小圓的母親，不久後便以此為由，甩掉了她。雖然原因不光光只是小圓的誕生，可是她根本沒想那麼多。小圓的母親就是典型的『從來沒想過是自己的錯』的那種人。

男人離開之後，小圓的母親找到了發洩怒氣的替代對象。她開始虐待小圓：哭的話就打，大小便的話就丟到外面去，也沒好好餵小圓，每天都惡言相向。她就是這麼對待一個不到兩歲的幼小孩童，就是這麼對待自己的親生孩子。

『沒辦法好好塑造「自我」的人，一旦發生了什麼事情，就會對自己失去自信——即使那是不好的事情也一樣。這種人不會覺得那是自己的錯。因為那．裡．不．存．在．著．自．我．哦！』

『確、確實，我從來沒見過那麼自我中心的人，一個母親……竟然對自己親生的孩子那樣……明明還是個嬰兒……』

我的聲音顫抖了。

啊！怪不得小圓不會說話，怪不得小圓如此面無表情。要是爸爸、媽媽沒有灌注親情，小孩子又該何去何從呢？小圓還這麼小，就已經『窮途末路』了。什麼都沒辦法思考，什麼都說不出口，唯一能做的事情就只有茫然地發著愣。

『每次小圓被丟到庭院裡去的時候，照顧他的都是野狗小白。』

小茜大姊撫摸著黏在牠身旁的小白。

在深夜的黑暗中，小圓因為寒冷而顫抖哭泣。給予幼小的身軀溫暖、舔舐傷口、時而帶著不知從哪裡弄來的麵包和點心來照顧小圓的，就是小白。不只因為小白是隻母狗，而是因為牠對小圓有著超乎界線的愛。

『明明一邊是狗、一邊是人也沒關係嗎？』

『種族的隔閡並沒有那麼深厚。對我來說，不管「愛的東西」是什麼、不管是不是生物，我都還是會喜歡。』

小茜大姊笑了。雖然牠的臉很恐怖，可是笑顏卻無比溫柔。

小圓的母親是在強烈的歇斯底里之下殺害小圓的。

虐待小圓一事，讓母親的精神徹底地開始瘋狂了。母親經常因為瑣碎的事情大發雷霆，接著就對小圓拳腳相向，或是弄壞東西。

那個時候也是一樣。因為某事而開始歇斯底里的母親，掐住了小圓纖細的脖子，然後重重地將他摔到庭院的地上。小圓的頭受到重擊，幾乎呈現瀕死狀態。

那一瞬間，躲在庭院角落的小白立刻襲擊母親，咬斷了她的頸子，殺死了她。可是，小白也被附近目擊的民眾當場撲殺了。聽說當時小白沒有逃走，也沒有抵抗，就這麼被活活打死了。

『為什麼？』

『因為牠放不下小圓。』

為了不讓小圓幼小的靈魂流離迷惘，於是小白便決定讓自己也死掉，變成靈魂好好守護小圓。

『原來如此……所以小白才會一直跟小圓待在一起啊！』

小白聽到自己的名字被叫到，便看著我搖搖尾巴。

母親溫柔的臉在我眼前浮了出來。

可以為之捨命的愛。就算種族不同，但是我想小白絕對就是小圓的『媽媽』。

『咦？可是剛才一色先生不是說小圓的母親要來嗎？』

詩人點頭。

『小圓的母親要來──為了殺死小圓。』

『什麼？』

『那個東西利用憎恨小圓來保全自己。即使人已經死了，她仍舊沒有從這個執念當中逃脫。』

小圓的母親是個只能『憎恨小圓』的人。那就是她的全部。所以就算死了，還是沒辦法脫離這樣子的想法。就算死了，她還是想要虐待小圓、殺死小圓、追捕小圓。

『怎、怎麼會……』

我說不出話來。某個東西揪著我的胸口，讓我有種反胃的感覺。

小白為了守護小圓不被母親的怨靈傷害，便帶著小圓來到祭祀山神的『大神神社』。

『因為所有的犬族好像都是山神的眷屬。小茜大姊是替山神工作的山犬，換言之就是狼啦！人家不是都說，狼是侍奉山神的靈獸嗎？』

小白向犬族的神明『大神』求救。可是因為小圓的靈魂已經不潔淨了，大神無法允許將他留在聖域裡面。

本來，小圓和小白都該因為污染聖域的罪名而被當場處死的，然而當時替他們求情的，就是直接侍奉大神的靈獸之一的小茜大姊。小茜大姊那時才剛失去了自己的孩子。

『大神為了讓小圓遠遠離開聖域，才答應了奴家任性的請求。』

小茜大姊覺得小圓是人類，應該要得到人類的疼愛，於是便把小圓和小白帶到『壽莊』來。就如同牠所想的一樣，生活在這裡的小圓受到詩人、畫家、秋音等每個人的疼愛。不過因為小茜大姊要侍奉大神，所以只能偶爾來探望小圓。

『小圓這個名字是我取的，因為他的眼睛圓滾滾的。』

替沒有出生證明、甚至連名字都沒有的小圓取名字的人，就是詩人。

『靈魂不潔淨是什麼意思啊？』

小茜大姊拉開了小圓的襯衣讓我看。

『哇?!』

那裡，在小圓細瘦的雙肩上，有兩個漆黑的手印。看起來就好像小圓背負著那個手印，或是那個手印箍住小圓的樣子。

『這就是那個東西的執念形成的痕跡。』

我全身上下都起了雞皮疙瘩。因為太恐怖了，我的胸口難受得讓我發出了乾嘔。

為什麼？為什麼能夠如此憎恨一個人呢？為什麼非這麼憎恨一個人不可呢？

『只要這個執念存在，那個東西就會一直在世上飄蕩，然後一想到就會跑來殺小圓。』

『那、那像秋音之前做過的那種……那個，呃，「驅除」呢？』

『要消滅那個東西很簡單。可是這麼一來，被那個東西的執念束縛的小圓也無法成佛。為了讓小圓成佛，就得先讓那個東西成佛才行。』

小茜大姊嘆了一口氣。

『好像就連龍先生也沒辦法說服那個母親哦！除了等那分執念減弱之外，別無他法。隨著時間流逝，總有一天母親的執念也會變得淡薄。不先等母親成佛，好淨化小圓的靈魂，小圓就沒辦法上天堂。』

『為什麼會那麼……』

『因為對方是只和憎惡、痛恨這種負面的情感共生的人啊！除此之外，她找不到塑造自我的方法。』

『可是自己的小孩……』

『就是因為是自己的小孩。』

小茜大姊靜靜地說。

『會有如此強烈的靈魂束縛，就是因為一人是親、一人是子……』

『……！』

這句話的分量，讓我的胸口揪成一團，幾乎讓我無法呼吸。

憤怒參雜著悲傷一湧而出。在某天，我無法活下來的爸媽留下了我這個孩子撒手人寰，他們究竟有多麼不捨呢？只要一想到這點，我就完全無法原諒小圓的母親。絕對無法原諒！因為自己是女人？因為自己比較軟弱？因為男人也有錯？這種藉口根本都是屁話！不管有什麼理由，我都絕對不會原諒她的！

但是，其中確實有母與子的羈絆。

那雖然是既諷刺又殘酷的羈絆，但仍然是無論什麼東西都無法取代的親情連繫。

雖然我百分之百不願意認同，但是不管怎麼說，母親就是母親。

（我已經……不再擁有的……母親……）

溫熱的水滴滴落在我盤著的雙腿上。

『……？』

眼淚湧了出來，劃過臉頰。

『呃……咦？』

我被自己竟然哭了這件事嚇了一跳。我可是從來沒有在人前落淚過。

『你想到自己父母的事了嗎？』

詩人輕聲笑了。那副笑臉太過溫柔，害我的雙眼深處好痛。

『唔……不是……』

我一緊張，便胡亂擦拭著眼淚。這時小茜大姊溫柔地止住了我的手。

『不要揉，不然眼睛會腫起來哦！』

『……』

無論是模樣還是聲音，都不是人類，但是這個時候的小茜大姊，真的就是貨真價實的『媽媽』。我的本能如此認為。

小茜大姊拿出懷紙⓫，靜靜地按壓著我的淚水。某個溫暖的東西包住了我。如同遙遠過去的回憶一般，帶著些許哀愁的懷念感覺在我的全身上下擴散。

『你的臉在笑哦！夕士。』

畫家像是在嘲笑似的笑了。這麼說著的畫家，也稱小茜大姊一聲『媽媽』。大家一定都把小茜大姊看成『媽媽』吧！

不知不覺間，在小茜大姊膝蓋上的小圓沉沉睡去。小白也把下巴放在小茜大姊的膝蓋上，直盯著小圓的臉瞧。

原來如此，小圓的母親只有孤單一人吧！可是小圓卻有好幾個『媽媽』：小茜大姊、小白、秋音、琉璃子，大家全都疼愛著小圓。詩人和畫家、龍先生這些『爸爸』也有好幾個。小圓無法從親生父母得到的愛，現在大家全都盡心灌注在他身上——就算沒有血緣關係，就算他的肉身早已不在這個世上。

虐待兒童、反弒父母，向父母撒嬌的小孩、全副心力都寄託在小孩身上的父母……

對於現今世上的親子關係，我一直都冷眼看待，這或許只是因為自己沒有爸媽的緣故。老是著眼於不好的例子，或許也只是因為我希望能有『如果自己的爸媽還活在人世，一定不會這麼做』的想法罷了。

但是現在，小茜大姊在這裡，小圓在這裡，小白也在這裡。

能夠超越人類，將人類雙親無法給予的愛全心付出的『非人類』都在這裡。這樣的事實擺在眼前，讓我的眼淚無止盡地流淌著。許許多多的想法在我的胸口流竄。

真沒用！好不甘心！人類把人類……而且還是自己的小孩……為什麼不能好好珍惜他呢？

就算小茜大姊和小白是妖怪又怎麼樣？比起那些愚蠢的人類，他們的存在高尚多了，不是嗎？

⓫懷紙是日本古代的人們穿和服時，摺疊起來收在懷中的紙張，用於擺放食物、擦拭、書寫等。

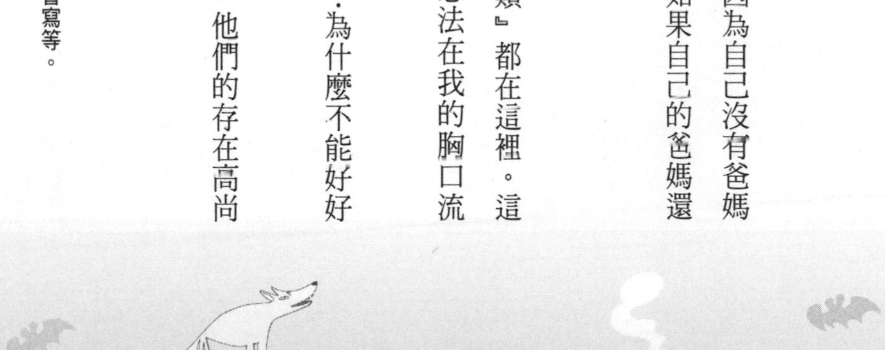

但是詩人、畫家、秋音等等的『人類』也在這裡，我因為這個事實而得到了救贖。

『種族的隔閡並沒有那麼深厚。對我來說，不管「愛的東西」是什麼、不管是不是生物，我都還是會喜歡。』

小茜大姊的話，如今更讓我感受深刻。

『是什麼東西並不重要，重要的是，是怎麼樣的東西……』

庭院的那一邊突然出現了秋音的臉。

『果然是小茜大姊來了！』

『秋音，妳的打工呢？』

『提早下班了，因為藤之老師的式鬼來報告說看到那・個・了。』

『快要到這裡了嗎？』

小茜大姊點點頭。

『藤之老師的式鬼是指？』

我詢問秋音。

『藤之老師是月野木醫院負責替妖怪看病的醫生，也是我的師父哦！式鬼就是，嗯……聽術者的命令去做東做西的神靈……你知道安倍晴明嗎？』

『嗯，只知道名字。』

『聽說那個人連開門、關門都是式鬼幫忙做的哦！』

『好懶散的傢伙～』

大家全都因為我的這句話而笑了。

『好了，那就請安倍晴明多多指教了。我們來準備迎戰怨靈吧！』

小茜大姊站了起來，把小圓交給秋音。

『小圓圓，跟姊姊一起去房間裡玩吧！』

『小圓要怎麼辦？』

『秋音會在結界裡面保護小圓。夕士啊，你也一起待在那裡好了。那個東西非常醜陋恐怖，不是什麼非看不可的東西。』

每年三、四次，每當小圓的母親來到這裡時，小圓都會在秋音房間的特別『結界』裡被大家守護著，好像是類似惡靈絕對無法對其出手的防護罩一樣。這段期間，小茜大姊和龍先生就會把母親趕回去。

最重要的是，這裡本來就沒辦法搞什麼卡通啊、漫畫裡面出現的『大戰』。小圓的母親似乎沒辦法進入這棟公寓本身所擁有的結界裡，只能在大門附近打轉而已。

秋音抱著小圓走了，小白跟在他們後面。

『一色先生要做什麼呢？』

『我們每次都在觀摩。』

『把怨靈當作下酒菜，喝個痛快。挺有趣的吧？』

畫家咧嘴一笑。

『那個……我也可以觀摩嗎？』

大家都看著我。

『如果你只是想看恐怖的東西的話，我勸你還是放棄比較好哦！夕士。』

『雖然沒什麼華麗的花招，不過這可是真槍實彈，不是特效。』

我點點頭。我想看看小圓的母親。原因我也不知道，或許真的是想看看恐怖的東西吧！

小茜大姊那紅褐色的銳利目光中帶著悲傷，直愣愣地看著我，最後終於點了頭。

『可以嗎，小茜大姊？』

對著這麼說的詩人，小茜大姊又點了一次頭。

『好吧。這也算是學習嘛！』

畫家笑了。

『很嚴苛的學習呢！「媽媽」真是壞心眼。』

『打擾了。』

庭院前方又出現了人影。

『哇！』

我看到之後，想也沒想地立刻向後跳。

在後廊出現的是用兩隻後腳站立、穿有繡著家紋和服背心的兩隻狗。那兩隻狗畢恭畢敬地寒暄道：

『在這種地方真是失敬。小的是代表附近的犬族，來向小茜大姊致敬的。』

『這是鹿肉和夏天的時蔬，請各位一起享用。』

大大的竹簍裡面裝了滿滿的肉和蔬菜，接著牠們還拿出了一盅酒。

『哦哦，是生鹿肉，生鹿肉耶！』

『蔬菜就烤來吃吧。這個茄子看起來也好～好吃哦！』

畫家和詩人連看都沒看穿著家紋和服背心的狗一眼。想必，這也是常有的狀況了吧！

『原、原來如此。侍奉犬神的小茜大姊比一般的狗偉大，所以牠們才會來打招呼。』

我如此對自己說明。

『每次都這麼客氣呢！』

『哈哈——』

穿著人類服裝的動物，用著人類的語言交談著。

『……日本古代故事……』

這麼一想之後，眼前的光景看起來就變得滿溫馨的了。看到拚命說服自己的我，詩人和畫家還是那副老樣子，聳著肩膀訕笑著。

看到新鮮的食材，琉璃子也大大發揮了她的手藝。並排放在後廊的料理，簡直就像從美食雜誌上面剪下來的照片一樣。

切得整整齊齊的夏季時蔬，全都用高品質的小型炭火爐烤過，沾上柑橘醬汁、芝麻醬和食鹽就可以食用。鹿肉則準備成生鹿肉片、甜味噌拌鹿肉還有烤鹿肉，而且每道料理都裝在鋪著竹葉的大盤子裡，旁邊還裝飾著可人的黃色花朵。雖然每次都是這麼豐盛，但我還是要說，這真的是每個細節都完美無缺的作品。其他還有鹽烤鮎魚、涼拌芝麻豆腐，小巧可愛的器皿裡還放著櫃塗⑫。

『真不愧是……琉璃子！妳白皙的十指就如同交織出美妙樂章的指揮棒、彷彿

⑫櫃塗是將蒲燒鰻切成小段放在白飯上食用的名古屋鄉土料理。

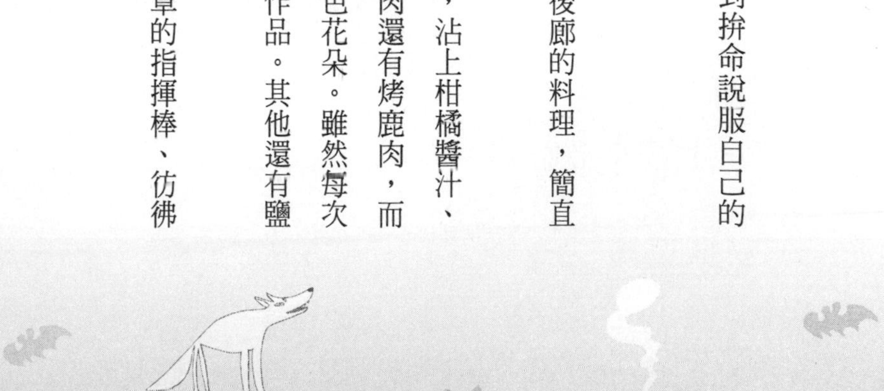

阿拉寇妮的天球⑬一般，生出至高、神秘和驚愕……對吧？』

看來，詩人對著層出不窮的藝術品送上了讚美之辭。畫家無視這樣的詩人，不停地在杯中倒入美酒，一杯杯往嘴裡送。

『什麼東西這麼香啊？』

骨董商人突然現身了。

『哎呀哎呀，這不是小茜大姊嗎？您還是一樣美豔動人……』

骨董商人牽起小茜大姊的手，恭敬地吻了一下。這些言行看起來全都假得要命，而且感覺好像是故意的。真是個完全看不出真正心思的男人。小茜大姊也露出了苦笑。

『你也是一點兒也沒變呢！骨董商人。』

『託您的福。今晚是「那個東西」來訪的日子嗎？』

『嗯。』

『分你喝吧，骨董商人。』

畫家遞出杯子。

『那就恭敬不如從命了。對了，我這裡有鹽漬龍眼珠，你要不要考慮一下啊？』

『才不要。』

大家全都笑成一團。真是愉快的一刻啊！我完全無法想像接下來即將發生的事，是殘酷又悲傷的。

夕陽西下，西邊的天空被染成了一片紅紫色。

我不經意地一看，發現一隻白鳥在庭院上空盤旋。

『哈哈，那是龍先生的使魔吧！』骨董商人摳著短短的鬍子說。

『使魔？』

『就是式鬼。』詩人為我解說。

『啊，秋音說過……我記得好像是聽術者命令的神靈……之類的。』

⑬阿拉寇妮是古希臘神話中一位非常會織布的少女，詩人是形容琉璃子的手藝就像阿拉寇妮織出來的世界一樣美麗。

『如果沒別的工作要做的話，他應該是會來的。在龍先生自己沒辦法來的時候，總是會像那樣派式鬼過來。那就好像是龍先生的分身哦！碰到情勢危急的時候，就會幫我們奮戰。』

奮戰？難道真的會跟卡通或是漫畫一樣，發生『大戰』嗎？我果然搞不太清楚。這是另一個世界的話題。

『啊，來了呢！』畫家簡潔有力地說。

『！』

小茜大姊的表情猛然一變，耳朵向後傾倒，發出銳利光芒的眼睛瞪視著門口。

我也朝著門那邊看了過去。住宅區沉浸在紫色裡，在街燈滲出的點點光芒之中，一個黑色的不明物體移動著。

那像是墨水流過紫色的空間一般，有一股混濁的、像是黑色煙幕的東西，搖搖晃晃地朝著這裡接近。

空氣在瞬間凝結，異樣的氣息包圍著公寓。剎那間，雞皮疙瘩爬滿我全身。剛才還在房間和庭院窸窸窣窣的妖怪們也全部一鬨而散。詩人和畫家，甚至連那個骨

董商人的眼神都變了。除了凝重的態度之外，他們的目光中也充滿了緊張。

空間裡的靈氣增加了，大概是因為小茜大姊的靈氣升高的關係。這種事情，就連我都知道了。胸口有種被綁住的感覺。在強大的靈氣籠罩下，我好像就會有頭痛和反胃的感覺。

黑色的煙幕在門口出現了，搖搖晃晃地，就像黑色的火燄一樣。人類的剪影在其中浮了出來。

『……！』

是女人。不過能看出這一點，是因為她身上那條好不容易才穿住、看起來很像裙子的東西。她的全身上下都破爛透了，頭髮亂七八糟，瘦得跟骷髏一樣，皮膚髒得漆黑，雙手無力地垂著，表情呆滯。

『那就是……小圓的母親……？』

『很慘吧？』

看著我扭曲的表情，詩人說。

『剛開始的時候還比較像人哦！隨著年紀增長，她也漸漸崩潰了……等到變得跟破抹布一樣的時候，她還會來嗎……？』

詩人的這番話，總讓我覺得心頭悶悶的。年年逐漸崩潰的『人』的形體，那到底具有什麼意義呢？驅使女人變成這副模樣以及使她這樣行動的，究竟是什麼呢？

女人一邊晃著殘破的身體，一邊頻頻朝著門裡頭窺視。很明顯的，那就是一副在尋找什麼東西的樣子。然而，就在她伸出腳踏進門內的瞬間，青白色的火花便在空間裡劈里啪啦地四處飛散，女人則像是被火光彈開了似的向後退。她無法進入『結界』裡。不過即便如此，女人還是在門口晃來晃去，不停地意圖進來，也不停地被彈開。那模樣就好比壞掉的人偶一樣；別說是女性的尊嚴了，在她身上連一絲絲人類的尊嚴都感受不到。

多麼悲哀、多麼可笑、多麼醜陋的模樣啊！人類的靈魂，竟然可以墮落到這種地步嗎？

『真是太可悲了……這竟然是想見孩子的母親的模樣啊！』

骨董商人心有所感地喃喃說著，我則覺得有點反胃。

『啊——』

女人開始發出呻吟聲。她伸出雙手，激動地抓著空間。一頭撞向結界之後，她再度被彈開。然後她用力揮動手腳，歇斯底里的症狀開始了，即使死了還是一樣！

『嗚啊——啊——』

女人一邊發出令人聽不下去的吵鬧聲音，一邊哭喊著。那個樣子，簡直就像……簡直就像對無法見面的親生孩子有多麼深的愛戀似的。就在這麼想的瞬間，我吐了。

『所以我才叫你不要吃那麼多嘛！』畫家冷冷地說。

『嗚——啊——噫——』

『唉，真是令人不快。』

小茜大姊站了起來。牠皺起了眉頭，表情真的就跟生氣的狗一模一樣。

『滾！這個丟盡雌性尊嚴的卑劣傢伙！』

小茜大姊的怒吼就像是雷鳴一樣轟隆隆地響著。結果還真的成了落雷，咚的打在女人的腳邊。女人被吹走了，我們也飛了起來。庭院中的空間流竄著細細的電氣。小茜大姊的身體發出了類似蒸氣的鮮紅色氣體。

『哦～可以看到牠的鬥氣了呢！』

『啊——真恐怖。』

雖然看起來悠悠哉哉的，不過畫家和詩人吐出來的氣息都很沉重。骨董商人則是誇張地縮起肩頭。

『因為是母親對母親嘛！再也沒有比這個更恐怖的對戰了。』

女人晃悠悠地站起來之後，茫然地呆站了一會兒。那副模樣就像是智能不足的人一樣，大大張開的嘴巴裡流出了口水，眼睛也失焦了。

詩人一面照顧著我，一面對我說：

『「那個東西」已經沒有人類的思維和情感了。連自己是誰、為什麼會在這裡徘徊都不知道。可是即使這樣，她還是有對小圓的執著。在茫然徘徊的時候，只要一想到小圓的事，就會驅使她到這裡來。』

什麼都忘記了，連自己已經死掉、自己曾經是人類都忘記了，她竟然還記得小圓，竟然只記得要殺了小圓。天底下有這種執著嗎？

『就是因為是母親和孩子……』

我回想起小茜大姊的話，胸口突然緊縮了，好像從腹部深處到喉嚨全都被緊緊綁住般的痛苦。琉璃子替咳個不停的我送上一碗清湯。

不久之後，女人就像來的時候一樣，搖搖晃晃地消失在黑暗的夜色中。她應該還會在什麼都不知道的情況下，在那一帶繼續徘徊一陣子吧——直到某一天，她又突然想起小圓的時候……

女人離去之後，四周便恢復了平靜。龍先生在空中飛舞的式鬼也消失了。庭院的各處再度傳來了蟲鳴，散發朦朧光芒的水母也開始飄浮了。

『啊！這次也平安無事地結束了。』

大家好像也都從緊張當中釋放了。宴會重新開始。

『你還好嗎？夕士。』

小茜大姊問我，聲音中夾帶的柔情，讓我覺得心頭好似突然揪在一起了。光是沉默地點頭，就讓我費勁了心力。

『夕士還是先去休息比較好哦！』

詩人這麼說之後，小茜大姊也點了頭。

『那麼……我就先失陪了。』

『啊，夕士，我送你今晚好眠的護身符吧！這是「妖精王的做夢石」，可以讓你做個好夢。』

『呃，謝謝你。』

骨董商人給了我一個小小的粉紅色石頭。我露出苦笑。

『夕士。』

小茜大姊靜靜地摸了摸我的頭。

『日後，小圓也要麻煩你多多關照囉！』

溫柔的聲音，溫柔的手——這是『媽媽』的聲音和手。心頭百感交集的我深深地低下頭，然後離開了起居室。

通往二樓的樓梯不知道為什麼長得不得了。我覺得腦袋好像麻痺了一樣。

秋音的房門映入眼簾。

我像是被吸過去一樣往那裡走去，接著打開了門。

『啊！夕士。』

秋音橫躺著看書，小圓則在秋音的棉被裡睡覺，小白也貼在小圓的身邊睡著。

『你該不會看了那個吧？你很壞心耶！』

秋音和往常一樣，露出了開朗的笑容。

這裡沒有不好的東西，沒有悲傷的東西，沒有醜陋的東西。這裡有的是安穩、溫柔、溫暖……

『夕士？你怎麼了？』

我自己也搞不清楚到底怎麼了。

只是眼淚不停地流出來、流出來，根本停不下來。從內心深處擠出來的嗚咽變成眼淚落下，不停地、不停地……

沉沉睡著的小圓，他的睡臉是如此天真無邪、如此可愛。我死也不願意把他交給那個怪物。我了解發出雷鳴似怒吼的小茜大姊的心情。

可是，失去人性、失去一切的女人卻只記得自己的孩子，而且光靠這分記憶，女人就可以找到孩子的身邊。碰不到孩子時，女人呼天搶地地哭喊、粗暴瘋狂，她的確是對自己親生的孩子有所依戀。

那分『想念』竟然是錯誤的，真是太令人悲哀了。

那分『想念』竟然不是出自愛子之心，真是太令人難過了。

就是因為成為『母子』，才能織出奇蹟似的羈絆。毫無疑問地，女人和小圓是連結在一起的。即使變成了怪物，即使在那之前身體就先毀壞、變得跟破布一樣，女人還是一定會來這裡；即使被結界阻擋、即使被小茜大姊的落雷打中，女人一定還是會來這裡——為了『殺了我的孩子』。那個樣子，真是無上的醜惡、無上的悲哀、無上的可怖。讓女人變成這樣的，就是她對小圓的想念。

這當中，沒有愛的存在嗎？

就算只有一小塊碎片也好。

就算只有一小塊碎片也好，難道在某個地方、在她連自己是女人都無法意識到的內心某處，都沒有『身為母親的感情』嗎？

一定得有——我想。

一定得有——我如此企求並祈禱著。

什麼都不知道、毫無罪孽、安穩睡著的小圓，睡臉雖然可愛，卻很悲哀，悲哀得令人心疼。

我任性地思念起媽媽來。因為知道就算想見面也不可能見得到，所以我總是盡量不去想雙親的事。但是，我現在好想見見媽媽，好想見見爸爸。

我好想妳哦！媽媽。

好想妳，好想妳，好想妳……

秋音用雙臂悄悄地摟住了我，她柔軟的胸口讓我的心情平靜了下來。

她默默地拍著我的背，就好像母親哄著孩子一樣。

雖然很難看，但我還是忍不住痛哭失聲。現在的我，只想好好哭一哭。

爸媽去世三年來，這是我第一次放聲大哭。

那天晚上，我夢到了爸爸、媽媽。

在溫暖的陽光照射下，爸爸、媽媽和我去花田野餐。一邊吃著媽媽做的便當，已是高中生的我和他們兩個人聊天，說著各式各樣的話題。長谷在中途加入了我們，大家都一直笑著。

映照著朝陽的彩繪玻璃散發出七彩光芒。

窗戶旁傳來了小鳥的鳴叫聲。一定是青色的鳥兒們。

我已經不記得自己和爸爸、媽媽、長谷他們說了些什麼，不過幸福的感覺仍然殘留在我的身體裡。心情真是非常滿足。

然後我突然發現，自己的手裡握著骨董商人給我的『做夢石』。只不過我不覺得自己的夢跟這顆石頭有什麼特別的關係就是了。

『話說回來，「在花田裡野餐」什麼的……難道我有少女情懷嗎？』

我苦笑著，面前突然有某個白色的東西動了一下。

『小白？』

小白站起來之後，猛舔我的臉。

『咦？你一直待在這裡嗎？』

小白走到門口，抓了抓門，好像是在說：『幫我把門打開。』我打開門，剛好秋音也從她的房間走了出來，懷裡抱著小圓。小白朝著她的腳邊貼了上去。

『啊，夕士，早啊！』

『啊，早安。』

因為昨晚的事，我難為情地搔了搔頭。這麼說來，我的記憶在那之後就消失了。自己究竟是怎麼回到房間裡的呢？

『昨天晚上，我把夕士託給小白了哦！』秋音笑著說。

『咦？』

『再怎麼說，我也不能讓你黏著我睡覺吧！我跟小白說，小圓就由我來照顧，麻煩牠照顧一下夕士。』

小白當了我一整個晚上的『媽媽』。

『是哦……對、對不起，我什麼都不記得了……』

秋音沒放過一個勁兒不好意思的我。

『沒錯、沒錯。夕士也真是的，竟然哭累就睡著了，像個小嬰兒一樣。還是阿明先生把你抱回房間去的呢！』

『……真的假的？』

這下子我可麻煩了。像什麼話嘛！在女生的懷裡哭累了，就像小孩一樣被人抱上床睡覺。長谷要是知道了，不知道會怎麼說我。看著這樣的我，秋音放聲大笑。

昨晚的事就像從未發生過一樣，『妖怪公寓』的早晨一如往常地爽朗、安穩。

『早啊，夕士。睡得好嗎？』

『早安。』

我對著詩人和畫家深深地低下頭。

『昨天晚上真是不好意思……受你們照顧了……對不起。』

詩人和畫家彼此對看了一眼，接著輕聲笑了。

『你學到不錯的東西了吧，夕士？跟小茜大姊說的一樣呢！』

『……』

詩人的話總是會讓我有種不可思議的感慨。

『你啊，給我再增胖一點。個子那麼高，體重會不會太輕了一點啊？』

畫家這麼說。我的腦海中浮出『被人抱著的自己』的模樣，直冒冷汗。

『……來這裡之後，我已經變胖一些了，因為琉璃子煮的飯很好吃。』

『對吧！來來來，我們來吃好吃的飯吧！』

秋音替我端來了我的伙食。

鹽烤鯖魚、燴茄子和柴魚、菠菜炒香腸、海帶芽味噌湯，還有把昨天剩下的鹿肉製成的滷肉澆在飯上，旁邊再打一顆蛋，成了滷肉蛋飯，太好吃了！

山田先生在看報紙的運動版，佐藤先生則是一邊注意著時間，一邊享用著琉璃子做的超級好吃的早餐。小圓坐在喝著咖啡的畫家膝蓋上。詩人享受地啜飲著茶，我和秋音則扒著大碗的飯。

在這樣的時光中，小圓的媽媽仍舊無法成佛，四處徘徊走動，然後終有一天會回到這裡吧。大家並不是忘了這回事，也不是假裝不知道。在看著那醜陋悲哀的怨靈時，大家的眼睛都是真摯的，有憤怒，也有悲傷。

不過就連這個，大家還是把它當作『現實』來接受，當作自己『日常生活的一部分』。

面對無法解決的事情時，即使一己之力無法幫上什麼忙，大家還是相信事情總有轉圜的一天，把它看作自己的日常生活。

悲傷的時候，就盡情悲傷。

生氣的時候，就盡情發火。

雖然這麼做，不見得能解決什麼問題。

但是透過這些行為，無法解決的事情就會變成自己世界的一部分，『存活』下來。那是確確實實會讓自己的世界更開闊的。

再過不久，我在這間『妖怪公寓』的生活就要結束了。

在那一天、那個洞窟澡堂裡、那個玄關前面，我對這個世界的認知全都瓦解四散了。被突然發生的『不可思議的現實』撞個正著的我，什麼都無法相信，但是即使如此，事情還是沒有改變，除了接受之外別無他法的我，最後還是放棄了。

可是現在不一樣了。我覺得在這裡發生的『不可思議的現實』，已經成為自己的血肉了。我在這裡驚訝、煩惱、哭泣、歡笑、學習。看見的、聽見的、感覺到的、思考過的東西，全都滲進我的身體裡，就在我的世界裡活著——我有這種感覺。

如果可以的話，我希望這個暑假能夠永遠不要結束。因為一到九月，我就得馬上搬家了。

想著『好想永遠待在這裡』的自己，總覺得有種類似羞赧、可笑的溫暖心情。

那天下午，我側身躺在清涼的後廊上，和詩人喝茶、聊天。

『這個茶真的好香哦！』

『聽說是蕎麥茶，和蕨餅的味道超合的~啊~真是美味。』

『喂——稻葉——！』

『?!』

忽然，從玄關處傳來了耳熟的聲音。我跳了起來。

『竹……竹中?!』

飛奔到玄關之後，果然看到竹中站在那裡。

『來了、來了！嗨！』

『欸、欸……你是怎麼啦？為什麼突然……』

我手忙腳亂地把竹中拉到外面去。

『因為你都不招待我來啊！』

『我也有很多事情要……』

到了外頭之後，我嚇了一大跳。那裡站著五、六個男生，大家的手上都拿著香菸和酒。他們的臉我全都有印象，就是前陣子在漢堡店裡看到的竹中的朋友。

『竹中……？』

竹中露出了惹人厭的笑容。一陣子沒見，他的表情已經完全不一樣了。眼神灰暗，用那副高高在上、瞧不起人，可是卻又帶著些許自卑的目光直盯著我看。我的感覺在不知不覺間開始變得不太對勁。我自己的眼神可能也好不到哪裡去，所以才會常常被一些小混混找麻煩，可是竹中目光中的討厭感覺，毫無疑問，絕對是來找碴的眼神。不過，我也開始『變成想打架的眼神』，好想大喊一聲：『你那是什麼眼神啊！』然後衝過去揍他一拳。

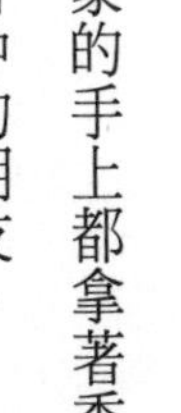

接著，竹中又用和那副眼神一樣討厭的口吻說：

『因為在搬到宿舍之前，我想看看你的房間嘛！我們沒地方好去啊，稻葉。外面那麼熱，能不能讓我們在你的房間住～一下啊？』

毫無羞恥心的態度。其他那些傢伙也都露出了賊笑，令我毛骨悚然。

『你的房間是二〇二號房嘛。來，走吧！』

那些傢伙開始邁出步伐。

『等一下，竹中！』

『啊～對了、對了，大美女琉璃子在哪裡呀？好想要她幫我們弄個下酒菜哦！好想要她來陪我們喝個酒，然後再順便做些好事～哈哈哈哈！』

竹中他們呵呵笑著。我一把抓起了竹中的衣領。

『你夠了沒啊，竹中？這樣子未免也太隨便了。』

竹中粗魯地撥開我的手。

『要好好珍惜朋友哦！資優生。忤逆我們的話，可是沒辦法待在學校的。』

『你到底想幹嘛？你以為人多就可以為所欲為了嗎？』

竹中哼笑一聲，好像在說：『那有什麼不對的。』

仗勢欺人的『假不良少年』。他們本人可能只是裝出不良少年的樣子，可是說到底，還不就是一群獨自一人成不了事的傢伙們聚集在一起罷了。

一看到這種基於『因為不良少年看起來比較帥』、或是『因為這樣很好玩』等等原因，而在暑假混在一起的輕浮傢伙，我就一肚子火。這種傢伙連『覺悟』這種東西都不知道。

『不過就是酒跟香菸，你別那麼大驚小怪嘛！真是難看。我們也可以教你很多東西的啦！你的酒量也不錯啊，不是嗎？跟大家一起玩吧～』

看來我似乎也被竹中他們視為『夥伴』了。雖然我在學校很認真，不過他們大概是覺得我其實太過壓抑自己了，所以看起來才會這麼憂鬱。那是因為我的眼神太狠，就連要人客套地說『你的眼神很平靜』大概也沒人說得出口，而且有時候言行舉止會變得很胡來，要是被人認為『那傢伙好像很想大鬧一場』，我也莫可奈何。

可是他們小看我了。我心中懷抱的不滿和不安，根本是這些傢伙們想都想不到的。在學校認真學習，可是和我的生活大有關係的。不管發生什麼事，我都不能表

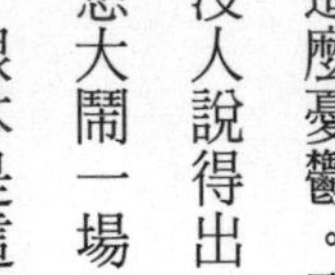

露自己的『真心』。

面對竹中那副瞧不起人的眼神，我也毫不猶豫地瞪了回去。竹中的表情稍微扭曲了一些。

『別把我跟你們這些只會裝模作樣的傢伙混為一談。連什麼是真正的虛張聲勢都不知道還在那裡大小聲。虛張聲勢也要有所覺悟的，竹中。你們做得到嗎？你們這些傢伙，只是在玩單純的流氓遊戲吧？明明是一群除了裝壞之外就無法表現自己的傢伙，還說什麼「我們也可以教你很多東西的啦」！』

竹中的臉瞬間脹紅。

『你這混蛋！』

竹中朝著我飛撲過來。

『我就是最討厭你這點，稻葉，老擺出一副「我是大人」的死樣子！』

『你以為我喜歡這樣啊？』

我抓住竹中揍過來的右手，然後朝著他的左臉揮出一拳。竹中軟趴趴地跌了出去。

『腳和腰都沒什麼力哦！竹中，你要不要考慮去送貨公司打工啊？』

竹中似乎終於發現我的『本質』和他想像中完全不同了。不過他還是重新瞪大了驚訝的眼睛，朝著我飛身撲來。

『混蛋——！』

他的行動似乎驚醒了其他傢伙們，於是他們也一起向我衝來。

『上啊！』

『快點把他制服！給他好看！』

一對六的混戰展開了。果然，要同時跟六個人對打還是很吃力的。

『有自己的風格是不錯，不過你多餘的動作太多了哦！稻葉。』

長谷那張冷靜的臉在我的腦海中浮現。

遵命遵命。在合氣道四段的你眼中看來，我的拳法應該是根本亂無章法吧！

一邊回想著這些事情，一邊和那些傢伙對幹的我，竟然有種不可思議的舒暢感覺。這個時候，我聽到了一陣突兀的歡呼聲爆出來。

『耶——夕士！好帥哦——！』

我的頭上傳來誇張的崇拜尖叫聲。我抬頭一看，發現麻里子從二樓的窗戶探出上半身來看著我們。她旁邊還站著骨董商人，而且兩個人手上都拿著紅酒杯。

『搞得盛大一點喲，少年們！乾杯！』

乾什麼杯啊?!

『不要把別人的災難當作下酒菜啦——！』

我想也沒想地喊了回去。結果骨董商人的心情似乎變得更好了。

『原來那就是你的本性啊！夕士。看起來還真像個男子漢呢！』

『臉蛋那麼可愛，個性竟然那麼狂野，是我喜歡的類型哦！』

麻里子送了個飛吻過來。啊啊啊，這些人真是的。

就在這個當兒，揮出去的拳頭撲了個空，我也漂亮地摔了一跤。一群人立刻壓到我身上來。

『完了……』

正當我這麼想的瞬間——

『吵死了！小鬼！』

一個聲音突然貫穿我的腦袋，接著所有的人全都飛起來。受到靈波攻擊的身體，因為恐怖和驚愕而動彈不得。庭院在一瞬間靜了下來。

然後，四個穿著和服的矮胖男人大搖大擺地從玄關走出來。每張臉上都只有一個眼睛，而且口中還生著大顆的獠牙，正是如假包換的『鬼』。

『啊……他們該不會就是一天到晚在打麻將的那些傢伙吧？第、第一次看到，原來他們都是鬼啊！』

這是那些埋頭躲在屏風後面、沉默地打著麻將的傢伙們第一次登場。他們恐怖的程度，完全不輸給小圓的母親。跟圖畫上的鬼一模一樣！

『那是什麼東西啊……絨毛娃娃？』

竹中他們根本搞不清楚狀況。那也是當然的吧。就算鬼真的出現在眼前了，誰都不會馬上相信那是真的。不過在四個鬼一同睨視著竹中他們的時候，周遭的空氣瞬間一變。

陽光減弱、大氣惴惴不安地波動著，颳起一陣令人毛骨悚然的凜冽空氣。在不知不覺間感受到異常氣氛的身體，開始喀噠喀噠地顫抖起來。

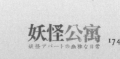

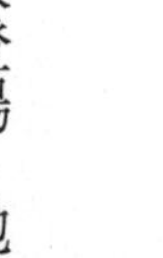

『怎麼了？怎麼回事啊？』

我徹底感受到了。

『都在……！』

除了四個鬼和麻里子、骨董商人之外，其他肉眼看不到的妖怪們……都在！公寓裡、牆壁上、盆栽裡、地面上、樹蔭下、天空中，以及竹中他們的身邊，充滿了『某些東西』的氣息。這些傢伙們全都盯著我們看。被這幾百雙眼睛瞪視的竹中他們，全都發起抖來。

然後，詩人快步走了出來說：『你們啊，為了自己好，還是不要對夕士動手吧！在這個世界上，是有絕對不可涉足的領域的。你們還這麼年輕，應該不希望自己的人生被搞砸吧？是不是呀？』

詩人這麼說完之後，露出了笑容。那張跟塗鴉一樣裝傻的表情別具意義，看起來最是可怕。

竹中他們鬼鬼祟祟地向後退，打算逃走。然而，不知道什麼時候出現在那裡的畫家，早已雙手抱胸，殺氣騰騰地站在那裡了。

『把別人家的院子弄亂，還想大大方方地逃走啊，小鬼？』

畫家把雙手手指的關節折得劈里啪啦響，雙眼也閃閃發光。看來他很樂在其中。竹中他們那些假不良少年也知道，這才是真正猛者的壓倒性魄力！

『死小鬼說什麼菸酒，真是不要命了。天罰——！』

畫家真的在一瞬間揍了竹中他們一行人——每一個人。雖說和我打過之後，他們都已經有點疲累了，但是這身手未免也太快了，身段也華麗得不得了。要說武術的話，長谷也算很厲害，但我覺得畫家比他強好幾倍。

『這可是……累積了相當多的經驗呢！』

在瞪大了眼睛的我旁邊，詩人笑著說。

『自己還不是從小就抽菸喝酒。明明只是想打人嘛！深瀨也真是的。』

在二樓的窗口，麻里子和骨董商人開心地拍著手。不知不覺間，和四個鬼同時出現、充滿著庭院的可疑氣息也消失了。

『在個人畫展的會場，他也偶爾會亂一下，摔椅子啊、翻桌子什麼的。還有畫迷是專門來看他大鬧的呢！』

『好像重金屬樂團的演唱會哦！』

詩人把浸濕的毛巾遞給我，我用來擦掉鼻血和嘴角的血跡。

竹中他們拖著癱軟的身體逃走了。明明渾身是傷，走路還搖搖晃晃的，可是就是逃跑的速度特別快！真是名副其實的『夾著尾巴逃跑』。

大鬧了一場以後，還從小鬼身上搜刮了酒和香菸的畫家，看起來滿足得不得了。他托起我的下巴，仔細端詳我滿是瘀青的臉之後笑了。

『你的男子氣概指數增加了哦！夕士。』

我也笑了回去。

『嗯。』

『什麼什麼？發生什麼事了嗎？』

抱著一顆大西瓜的秋音睜大眼睛站出來，看了看我們，然後又看了看逃走的竹中他們。

『嘿嘿，稍微來了個妖怪、人類聯手攻擊。』

這麼說完之後，我們全都捧腹大笑。

暑假結束的黃昏，我和公寓的居民們在前院舉行了盛大的烤肉晚會。

不知道從哪裡弄來的超大型烤肉架上，放滿了大量的肉類和蔬菜。

『烤肉就交給我吧！』畫家這麼說。出人意料地，他對野炊相當擅長。

『因為深瀨是「旅行畫家」，露營對他來說根本就是家常便飯了。』

『與愛犬一起邁向一段一段的旅程，感覺真棒。』

『嗨——歡迎回來！』

『佐藤先生，今天好早哦！』

『我可是一口氣把所有的工作解決之後就趕回來了哦～哇——味道真不錯！』

『久等啦，啤酒來了！冰冰涼涼的哦！』

佐藤先生和麻里子、公寓的居民們，還有那些外型不像人類的東西開始一一聚集過來了，簡直就像是萬聖節晚會一樣。

『我帶酒來了。』

『打擾了。』

『哦哦，請請請。玩得開心點哦！』

面對不管怎麼看都不像人類（臉是人臉，但是從和服袖子裡伸出來的卻是毛茸茸的手）的東西，我笑臉以對。並不是因為我覺得『反正這已經是最後一晚了』，所以就自暴自棄的緣故。今天晚上，這棟公寓為我辦了送別會。我是主角，所以我想好好扮演自己的角色。

從外面來的妖怪們全都帶了一甕甕的酒、魚乾和水果來。聽說要參加這種集會，只要帶些伴手禮來，就可以被視為夥伴。

『打擾了。』

穿著繡有眼熟家紋的和服背心的狗來了。

『小的是代表小茜大姊前來的。請收下。』

牠們遞出一尾完整無缺的漂亮鯛魚。

『小茜大姊派你們來的？』

禮物上面還附著一封信。是小茜大姊給我的信，一首短歌。

前進　路並非只有一條　奴家不會忘卻　你的身影

『哦，真不愧是媽媽，好風雅呀！』

『牠說不會忘記你哦！夕士。』

我沉默地點點頭，澎湃的情感充滿了胸口。為了這種小事情，竟然特地……

『請替我……請替我向小茜大姊道謝。』

我對著狗使者深深地低下頭。光是這麼做，就已經讓我費盡心力了。我完全想不到自己該如何用字遣詞、該如何回禮。明明今後可能不會再見面了啊！

『這是琉璃子給你的。』

秋音交給我的是一個大盆子，裡面整整齊齊地排列著小碗和小碟子。是外表看來就很漂亮的燉煮和天婦羅。客人們全都興奮起來了。

『這也是琉璃子特製的。』

山田先生搬過來的是堆得像小山一樣高的飯糰。

『哦哦，是三角飯糰。』

『三角飯糰！』

妖怪們中，有好些傢伙非常喜歡三角飯糰。聽說米好像是有靈力的吧！

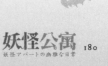

不久之後，開心地咬著三角飯糰的傢伙們，還有與骨董商人鬼鬼祟祟地聊著天的妖怪們，全都在一瞬間朝著門的方向看去。

『這是……！』

我也看著門那邊。一個黑色的人影突然出現了。

『嗨，大家好。大家都玩得很開心呢！』

『龍先生！』

果然是龍先生。我飛奔了過去。

『我可是帶了壓箱寶來了，也讓我加入大夥兒吧！』

『你也來了。』

『幸好還來得及。要分離了呢！夕士。』

龍先生的眼神和聲音依舊充滿了力量。當他說『要分離了呢』的時候，各式各樣的回憶閃過我的腦海中。來這裡時的驚訝和迷惘；和龍先生、詩人、秋音聊天；小圓、小白和小茜大姊的事。

『……嗯。』

龍先生溫柔地摸摸我忍不住垂下的頭。

『龍先生，好久不見。』

『嗨，秋音。還有在修行嗎？』

在大家彷彿看著明星似的目光中，龍先生優雅地前進著。也有一些妖怪偷偷摸摸地逃走了。

『龍先生，你帶什麼來啦？哎呀，是山女魚[14]，真是太棒了！』

『烤來吃，烤來吃。』

『我覺得生吃比較好……』

就在大家再次喧鬧起來的時候，骨董商人向龍先生遞出一杯很像是鮮血的酒。

『要不要來杯巴特里伯爵夫人[15]的鮮血呀？』

『你還真是老樣子呢，骨董商人。』

龍先生露出苦笑。也只能苦笑了吧。能讓龍先生露出苦笑，還真是有一套。

『你也沒什麼改變，真是令人高興，「東洋的藍色珍珠」，豔麗的淡藍色。』

骨董商人一邊說著，一邊順順地摸著龍先生的頭髮，然後拆掉了綁住頭髮的繩圈。龍先生的長長黑髮唰的滑落肩頭。

『真是跟人魚一樣的頭髮呢！』

骨董商人抓起一縷龍先生的頭髮，然後直接印上了自己的吻。我呆若木雞地望著這一幕。

『能不能別稱為淡藍色啊？』

龍先生一邊輕輕地撥開骨董商人的手，一邊說。

『……還有，也麻煩你別偷我的頭髮好嗎？』

骨董商人被龍先生握住的右手上，纏著兩根長長的頭髮。

『偷……頭髮？』

『只是一、兩根頭髮而已嘛，有什麼關係？』

『對我來說是非常重要的工作用具。』

⑭山女魚，又稱佳魚，是日本櫻花鉤吻鮭的一種，與台灣櫻花鉤吻鮭很相似。

⑮巴特里伯爵夫人（Elizabeth Bathory），人稱『血腥女伯爵』，她相信人類的血液能使她保持年輕，據說她大約殺害了六百五十個人，並且喝他們的血。

『頭髮？』

『那叫做靈髮，頭髮裡面寄宿著靈氣和靈力。』

出面解說的人是秋音。

『《咯咯咯的鬼太郎》裡面也有出現過。』

詩人補充。我聽完之後拍了一下手。

『哦哦，妖怪天線⑯！』

『能不能不要把我跟那個東西混為一談啊，一色先生？』

『原來你有這種自尊心哦？龍先生。』

『這頭髮還賣得很好哦！像這樣，嵌在水晶擺飾裡面，歐洲的貴族夫人們不管多少錢都會買。』

骨董商人一邊這麼說著，一邊讓我看了擺飾。水滴形的水晶和台座之間，夾著一根固定成『8』字型的頭髮。

『不要隨便把別人的頭髮當成商品！』

龍先生很難得地大聲說。

『你到底打算給我多少酬勞啊？』

『原來是在不滿這個問題哦！龍先生。』

『呃，沒有，我不是這個意思啦！對不對，一色先生？』

如同相聲一樣的對話，讓我看得目瞪口呆。彷彿仙人一般的龍先生，好像也突然變得比較容易親近了。我忽然覺得好有趣，一個人呵呵呵地笑彎了腰。

夜越來越深，非人類的氣息也越來越濃厚。酒和小菜取之不盡，用之不竭，烤肉網上不斷地出現肉和蔬菜，讓來訪的客人們個個活力十足。大家喝著酒，嘴裡塞滿了菜餚，高聲談笑，模樣看起來真是非常開心。

『是嗎？你要回到那裡去了啊？真是可惜。』

『要記得我們哦！這樣就好了。』

不知道是幽靈還是妖怪的東西們一下子拍我的肩膀，一下子摸我的頭；又是勸

⑯在《咯咯咯的鬼太郎》故事中，主角鬼太郎的頭髮會在感應到妖怪存在時發光立起來。

我喝酒、吃菜，又是說些搞笑有趣的話給我聽，真是我在妖怪公寓裡最棒的一個晚上了。對於即將回到普通世界的我來說，這個印象深刻的夜晚可能是我一輩子都再也無法體驗的——充滿了幻想，以及感動。

過了半夜之後，我跟著說要帶小圓一起睡覺的秋音先離席了。聽說宴會還要一直持續到清晨。

回到房間之前，我把骨董商人叫到樹蔭下。

『怎麼啦，夕士？』

細細的香菸散發出香草的味道，迴繞在骨董商人身上。他像是想要抱著我一樣，從上往下俯視著我。我吞吞吐吐地說了：

『有……有龍先生頭髮的擺飾……要、要多少錢？』

骨董商人稍微睜大了灰色的單眼看著我。我覺得自己的臉好像有點變紅了。

『我、我想說把它當作護身符……那個……感、感覺應該會很有靈……』

『哼。』骨董商人發出了意味深長的哼聲。他該不會想歪了吧？那又是想到了什麼呢？骨董商人在我眼前拿出剛才那個擺飾，說：『餞別的禮物，收下吧。』

『咦？可、可以嗎？』

骨董商人又露出了更具意義的微笑。

『謝謝！』

我緊緊握住那個擺飾。

與其說是拿來當護身符，其實我是想要有個能夠回味這段生活的紀念品。即使總有一天，在這裡度過的日子全都變得像豔陽下蒸騰的熱氣一般曖昧不明，我希望自己的手中還是實實在在地握有一個東西，能夠證明這並不是一場夢境而已。

『怎麼啦？滿臉笑意的。』

在樓梯上面，抱著小圓的秋音笑著問。我讓她看了有龍先生頭髮的擺飾。

『骨董商人給我的餞別禮物，嘿嘿。』

『有龍先生頭髮的擺飾嘛！這個可是絕對靈驗的。』

『果然不出我所料。』

秋音將自己的手重疊在我握著擺飾的手上。

『那我也幫你祈禱吧！希望夕士能夠平凡地過著普通的生活。』

『……』

『離開這裡之後，我想夕士的靈力應該就不會受到刺激了。安心地生活吧。』

『謝謝妳……秋音。』

窗外有個像火焰一般的謎樣發光體，在溫暖黑夜的環抱下，發出了各種顏色。

人類和非人類的笑聲、談話聲、吠叫聲。

我將手肘支在窗台上，不斷地眺望著這幅光景，甚至連睡覺都忘記了。

然後……

進入九月之後沒多久，我搬離了這棟公寓。

另一邊

十月過了一半，天氣終於開始轉涼了。

新學生宿舍的每個角落都嶄新得閃閃發光，總讓人有種賺到的感覺。

我住的房間是三人房，有兩個一年級學生和一個二年級學生。我和一年級的石井博之馬上就變成了好朋友，二年級的加賀圭介則是個比較沉默、不太好親近的人。他不太跟我們說話，總是一個人聽著音樂或是看漫畫。嗯，不過總比端著學長架子、囂張兮兮的人來得好。

一說到學生宿舍，大家的印象就是裡頭的人際關係很複雜，大家也可以像家人一樣共處；相反地，欺凌事件發生的頻率也會比較高，不過隨著時代變遷，這種狀況也已經改變了。像加賀這種人——就是討厭和別人扯上關係的人們——逐漸增加。欺凌事件消失的同時，互助也不復存在。反正別人的事跟自己毫無關係，也不希望別人來管自己的事，人際關係自然而然地日漸淡薄。

『聽說条東商校宿舍的伙食是這一帶比較好吃的。』

在吃晚餐的時候，石井這麼說。

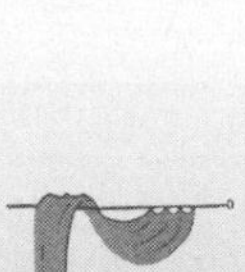

『哦，是哦！』

或許的確是如此——我想——不過遠遠比不上琉璃子親手做的料理。

我現在才知道為什麼琉璃子做的菜那麼好吃，因為飯菜裡包含了她的用心。

『小琉璃的夢想是開一間小小的餐廳，因為她很喜歡煮菜。不過在夢想實現之前她就死掉了，所以一定還放不下吧！』

聽到詩人提起這段故事時，琉璃子那雙白色的手看起來似乎也蒙上了些許哀傷。

就在琉璃子打算辭掉女公關的工作，開設長久以來的夢想餐館時，在琉璃子從事女公關工作時就一直對她糾纏不休的客人殺了她。琉璃子被分屍，據說大部分的屍體到現在都還沒找到。

還沒有實現夢想就死亡的琉璃子，最後看到的就是自己的雙手。那雙手裡充滿了琉璃子全部的想望。我曾經抱著沉重的心情問過琉璃子：

『一直不成佛好嗎？』

琉璃子在便條紙上這麼寫著：

『夢想實現了，現在的我真的很幸福。』

就算身體已經妖魔化，她還是能在自己最喜歡的料理領域大展身手，而且我和秋音還會一邊猛喊著『好吃好吃』，一邊將她做的料理吞下肚。對於這點，琉璃子高興得不得了。琉璃子做的菜之所以好吃，是因為每一道菜都是她夢想的結晶，因為那分『希望被人稱讚好吃』的心情化為實際的緣故。

負責宿舍伙食的，是三個四、五十歲的歐巴桑。她們全都是老手，料理的工夫確實不錯，不過還是有種公事公辦的感覺，完全說不上是那種家人為了親近的人而做的料理。不過，這也是因為住宿生本身對此沒有渴求。討厭被人干涉的現代小孩們，並不打算讓歐巴桑們介入自己的生活。『工作以外的事情妳們都別插嘴，工作結束之後就趕快回家。』住宿生經常無意識地散發出這種訊號。歐巴桑們就算想表達自己的感情也完全沒門。

當我聽到住宿生偶然在宿舍外面碰上歐巴桑時裝作不認識、沒看到，或是看到加賀那副惜字如金的模樣時，有時候真的會覺得很受不了。那種心情就跟我待在博伯父家的時候很像，很不痛快。

我的爸媽並不是那種愛說話的類型。尤其是父親，根本不太愛說話，在吃飯的時候更是一句話也不說。

『不過……我說的話他卻全都用心聽進去了吧。』

我突然想起那遙遠過去的回憶。

雖然和爸媽不太聊天，但我們之間仍然充滿了很多東西，感覺大家是連在一起的。所以即使父親不說話，也不會給人不好的感覺。我、父親、母親都一樣，並不是孤立的。

因為我們是家人嗎？

只是因為這樣嗎——？

過了第二學期多得令人眼花撩亂的活動熱潮之後，我的課業和生活才終於靜了下來。那個時候，早晨的空氣感覺涼颼颼的。

那一天。

我信步閒晃到妖怪公寓。

走進陡坡前面、房舍的夾縫之間。

被裂縫處處的老舊牆壁包圍的壽莊，靜靜地矗立在那裡。爬在牆壁上的藤蔓以及庭院裡的樹木，都開始染上了紅紅黃黃的顏色。山田先生照料的花朵雖然還是漂亮地綻放著，但是沒有非當季的花朵，只有桔梗和一些秋天的花卉搖曳著。

我站在門戶大開的玄關。

沒有人在。平常應該都會待在公寓裡的詩人也出門了嗎？公寓裡面完全沒有任何氣息——無論是起居室、餐廳或是走廊都沒有。喜歡打麻將的鬼、琉璃子、鈴木婆婆、小圓和小白都不在。

我沉默地離開了公寓，莫名地感到自己明白了一切。

接著，我前往鷹之台東站，那間錄影帶出租店旁邊的前田不動產也不見了。雖然還是有一間類似店面的窄小空間，然而看起來卻似乎已經空了好幾年了。

『我已經是「這邊」的人了嗎……？』

在意外的情況下體驗了『另一個世界』的我，最後還是回到了原本的世界。本來就應該是這樣的。接下來，我也應該一直在這個世界生存下去。在那個世界發生的事情，應該當作南柯一夢，忘了才是。

『對於沒有需要的人來說，那裡的大門是不會打開的嗎……？』

這麼一來，人們就會忘了曾經共同生活過的那些夥伴們吧！它們和每天的生活毫無關係，也不會為人們帶來任何好處。

『為了在這個世界繼續生活下去，這樣就好了。』

這麼想著的我，突然不自覺地想見長谷一面。只要跳進公用電話亭，在那個傢伙的手機裡留個言，那傢伙一定會騎著摩托車飛奔而來的。

『怎麼啦？稻葉。不要給我擺出一副愁眉苦臉的樣子。』

我好希望聽到他對我說這麼一句話之後，狠狠地揍我一拳。

但是不行，那傢伙現在忙得要命。長谷馬上就要以幹部的身分加入下學期的學生會，為日後在人前一展長才奠定基礎了。

我緊緊握住骨董商人送我的龍先生髮絲的水晶擺飾，緊緊地。我只有這個東西了。確確實實地，在我的手中……

像是要把靈魂吐出來似的，我重重地嘆了一口氣。抬頭仰望，夕陽西下的天空中，朦朦朧朧地浮著一輪半月。

自從那回的事件之後，竹中無論是在教室裡或是宿舍內，都絕不正眼看我，也不跟我說話。看來，他似乎對那件事情在意得不得了。至於那群狐群狗黨，竹中好像依舊跟他們混在一起，生活態度明顯變壞，連文化祭或是體育祭⑰都不參加了。

某一天，我在宿舍大門口看到了腫著臉回來的竹中。

『喂，你還好吧？』

我這麼問竹中，不過他卻萬般不屑地回答：

『跟你沒關係吧？假惺惺。』

他的聲音裡，混雜著憎恨、怯懦、自卑，以及所有人類的黑暗情緒。一句話也說不出來的我，只能沉默地兀立著。

恐怕對那傢伙而言，我說的所有話他都聽不進去吧！世界上是有這種說什麼都不聽的傢伙存在的。『只要跟對方好好談，對方就一定會了解。』這只是表面上說的漂亮話而已——看到竹中之後，我不禁這麼認為。雖然這真的是件非常悲哀的事，可是我也無能為力。

慢慢地，竹中缺課的次數越來越多，不久後就被退學了。

即使一名同班同學從班上消失了，同學們的校園生活還是若無其事地繼續下去。

時間的浪潮一波波打來，大家都因為期末考、聖誕節、忘年會⑱、回老家等事情忙得不可開交。我也一樣。在打工的地方被視為強大戰力的我，聖誕節、忘年會時，不是在送貨途中的車上，就是在公司的休息室裡，跟一大堆苦哈哈的大叔們一起度過。能被老闆喜歡，我當然是覺得很感激，不過被老闆勸說：『高中別唸了，直接來我們公司當正式員工啦！』還是令我有點困擾。

然後，我突然發現自己竟然覺得竹中那夥人彷彿打從一開始就不曾存在。

我對自己的想法感到震驚。在平凡無奇的歲月更迭中，我完全迷失了自我。

⑰文化祭即校慶，體育祭就是運動會。

⑱忘年會是在一年將結束時所舉辦的聚會，把過去一年的煩惱都忘掉的意思。

就這樣沒入『普通的人們』當中好嗎？會不會有一天，自己也變成加賀那樣，覺得『身處在現在這個時代，我也無能為力』呢？我感到不安。

我有朋友，在學校或是宿舍的生活也一帆風順。上社團、去打工，我的每一天都過得充實又快樂。可是，在這些日常生活的空隙當中驀然回首，我卻有種找不到真正自我的感覺。

我試著和班上的同學、社團的朋友談過這種心情，不過大家全都擺出一副似懂非懂的樣子。

『也就是說，稻葉，你不想變成像加賀學長那樣嗎？』

『嗯～不，我不是那個意思……』

『比起運動社團的學長，加賀可是好多了耶！』

『每個人都有自己的生活方式嘛！這有什麼不好？』

『是沒什麼不好啊！可是……』

『你該不會只是希望自己與眾不同吧？』

『……』

實在沒辦法跟他們討論。當然，我自己想要表達的東西本身也不是那麼容易說清楚的——在大家聊過之後，我也注意到這點。『無法討論』。沒辦法針對一個話題深入地互相表達自己的意見；話題很快就奏起尾聲，然後不停地跳到下一個、再下一個話題去。我相當迷惑，但是大家似乎都覺得沒什麼，好像這樣的狀況很普通似的。

『這樣子的話，不就沒辦法跟大家聊……真正的煩惱了嗎？』

我這麼認為。不過真正的煩惱本身、或是希望深入討論的話題本身，可能也只是一些很遜、很麻煩的事情也說不定。

我決定絕口不提和自己有關的事情了。只要跟大家說些開心易懂的事情，就夠了吧！

不過，幾天後發生了一件事。

在我回到宿舍的房間時，加賀兇狠地瞪著我說：

『聽說你講了我的壞話？』

『啊？』

『我是什麼時候做了對不起你的事了嗎？』

看來我拿加賀來當例子的那段談話，被扭曲之後輾轉傳到他耳裡了。

『你弄錯了。學長，這是誤會一場啦！』

我拚了命地解釋，最後總算壓下了他的怒氣，不過從那次之後，加賀卻更加沉默了。加賀的態度是如此，而我一想到有人惡意扭曲了我的話傳給加賀，情緒也因此變得低落。

過著普通的生活。

平凡、平凡地過生活。

進入寒假，大部分的住宿生都回到各自的老家去了，學生宿舍裡變得異常安靜，嶄新的近代建築更為此刻增添了寒冷的寂寥感。

我從早到晚都在打工，連過年的時候也要工作，只休了元旦一天而已。這滿滿的工作行程，讓我沒有深入思考任何事情的時間或體力。

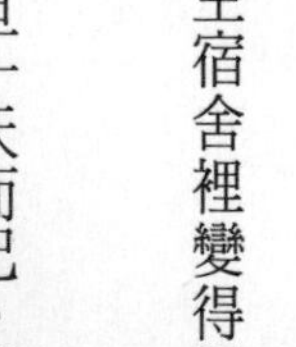

十二月三十一日。

出乎我意外地，過了傍晚六點左右，打工提早結束了。打工的地方除了發給我薪水，還送了一個過年的豪華便當。雖然已經冷了，不過因為正好是宿舍餐廳休息的日子，所以還是令我覺得很欣慰。

商店街上擠滿了出來辦年貨的人們。音樂和呼喊聲四起，人們的影子在炫目的燈光下搖曳生姿。一家大小一同出遊的家族和情侶們擦身而過，還有抱著堆積如山的戰利品的大嬸和累壞了的大叔。有人看起來很開心，也有人看起來悶悶不樂。大家都度過了不一樣的一年吧！

我的一年也同樣過完了。竟然已經過了三百六十五天了，真是令人難以置信。真的只過了三百六十五天嗎？我也無法相信。

那間妖怪公寓，真的曾經存在過嗎？

我真的在那裡度過了半年的時光嗎？

只有嵌著龍先生髮絲的水晶擺飾，像是夢境的碎片一般躺在我的手裡。

總有一天，一切都會成為流逝而去的回憶——我曾經覺得這樣子就可以了。現在，這個流逝的過程正在持續著，我卻無法相信。

我忽然停下了腳步，兩旁的路人似乎覺得我很礙事，紛紛繞過了我。有人和我錯身而過，有人則是直接撞了上來，我踉踉蹌蹌地，在人群的湧流下蹣跚前進。

在片片紛飛的雪花中，我看到宿舍大門口有個站著的人影。

『長谷！』

『嗨，稻葉，你終於回來了。』

長谷動動凍僵了的身體。他的鼻子紅紅的，究竟是什麼時候來的啊？

『你……？』

『幹嘛？不要擺出一副看到幽靈的臉好不好？』

『你不是……跟家人去滑雪……』

『哦，那個取消了，因為我老姊帶了男人回家。怎麼可能跟那種人一起去嘛？誰受得了那副趾高氣昂的樣子啊！』

長谷還是老樣子。他露出了笑容。

『你明天休息吧？稻葉，一起過年啦！我找到一個很少人知道的神社，一起去拜拜。』

我什麼話都說不出口，只是像個笨蛋一樣呆呆地站著。

『哦，那是什麼？哇——便當，很豪華耶！新年版！』

若是沒有拚死命用力站著的話，我覺得自己可能會就這麼軟腿倒下。內心深處的疼痛讓我突然覺得很想哭。

那就哭吧！想哭的時候就哭吧！

但是，眼淚卻沒有流下來。

長谷將雙手重疊在我拿著便當的手上說：

『我先去那裡的便利商店買個黑輪。我從剛才就一直冷到現在，莫名地想吃黑輪了，還有熱茶跟咖啡。』

我的手和長谷的手都很冷。我沉默地點點頭。

熱騰騰的黑輪像是直接化在肚子裡似的，好吃極了。配上冷掉的便當和零食，

我和好久不見的長谷忘情地聊著天——無論是無聊的瑣事也好，嚴肅的事情也罷，和長谷聊的話，什麼事情都可以聊出一個雙方都滿意的結果。

在說話的同時，我感受到自己肩上的壓力也漸漸消失了。雖然從來沒有這麼想過，不過照這個情形看來，我果然還是很想找個人好好傾訴。

『對了……在公寓的時候我還滿常聊自己的事的，跟一色先生還有秋音他們……』

很多事情都是可以跟公寓裡的大家『討論』的——就像我現在和長谷在做的事情一樣。不是單方面的說話，而是交換、比較彼此的意見，互相為對方提供資訊。沒錯，這才叫做溝通。

『說實話，能夠好好溝通的傢伙，還真是不多。這應該是因為答案卡、使用說明書、資訊量都過多了所造成的弊病吧！』

長谷這麼說。

『在你那間全是聰明傢伙的學校裡也一樣嗎？』

『跟聰不聰明沒有關係。因為這不是知識的問題，而是智慧的問題。頭腦聰明，可是連好好打個招呼都不會的人太多了，還真是讓人困擾。說到這個，在隔壁學校當運動部長的那個傢伙，雖然頭腦不怎麼樣，卻很受不良學生們愛戴。我得先挫挫他的威風才行……』

平常總是偽裝成爽朗陽光男孩的長谷，突然變回壞傢伙的模樣說著。跟從前比起來一點也沒變，真是太令人開心了。這個有能力的傢伙應該會去籠絡一些有勢力的人，不久後應該就會成為地下領導人吧！就算不管這個傢伙，他也絕對不會出什麼問題的。

那，我呢？

我也不會出什麼問題吧……？我也不知道。

我們聊到清晨才睡。中午起床之後，便騎著長谷的摩托車在寒風中疾馳。果然，我的心情變得萬分舒暢。長谷說要『跑一下』，於是我們便一直沿著海岸線前進。

天氣很好，湛藍的海水閃閃發光。天空中一片雲也沒有，陽光直接灑了下來。

不論是空氣還是景色，看起來都無限透明。

我把全身的重量都倚在長谷的背上，什麼也不想，只是看著風景從眼前流逝，感覺身心都被吹拂而來的風洗滌了。這麼說來，我已經好久不曾有這種心情舒爽的感覺了。真希望能一直這麼馳騁下去。

在到處亂繞了一陣子之後，我們抵達了長谷聲稱是自己找到的秘密神社（實在是太秘密了，那裡竟然一個人也沒有。今天是元旦耶），進行參拜。在無人神社事務所的『籤條自動販賣機』買到的籤，上面寫著大吉。

『在這種地方抽到的大吉誰相信啊？』

『就是要在這種地方才好啊！』

我們捧腹大笑。

在太陽西斜的時候，長谷請我吃了超好吃的鍋燒烏龍麵，溫暖了我的身體和內心。

『再見了，稻葉。』

『路上小心，長谷。今天……謝謝你了。』

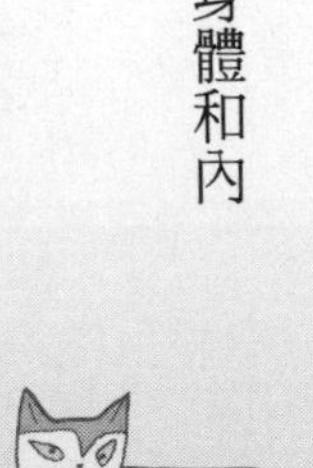

從薄暮天空裡的淡淡雲朵中，雪花片片飄落。

『要多回信給我啦！我會很期待的。』

『……嗯。』

長谷每個禮拜都會寫一封信給我，可是我卻完全提不起勁回信給他，現在那些信全都束在一起，堆在我的書桌一角。對長谷來說，沒有手機、也不太用宿舍電話的我，用信件聯絡是唯一的方式——我明明比誰都清楚這點……

『我會再來的。』

長谷的摩托車在黃昏的街道上漸漸遠去。這不是永遠的別離，我卻莫名地膽怯起來。

『我還沒跟你聊夠呢！長谷……還有好多……好多事情……』

越來越暗的天空中，不斷、不斷地飄下了雪片。

在忽然點亮的街燈照射下，我的影子模模糊糊地落在柏油路上。雪花片片落在上面。

『該怎麼說呢？長谷，我總覺得自己……該說是不安嗎？我不知道自己該不該就這麼生活下去。只不過，我也不曉得自己為什麼會這麼想，自己真正想做的又是什麼……』

留在原地的喃喃自語，全被堆積在柏油路上的雪吸了進去。

能讓我說『我回來了』的地方

第三學期開始了。

住宿生們也一一回到宿舍。可是，跟我同寢室的加賀卻沒有回來。

『聽說他好像在外面租房子了。不過……學長也太孩子氣了。』

石井苦笑著說。加賀只把寫著搬家事宜的紙條和好幾張ＣＤ給了石井一人。之前那場誤會，加賀似乎始終沒能諒解，而且還耿耿於懷。之所以會搬家，大概也是因為沒辦法繼續和我共處一室的緣故吧！

石井說得沒錯，我也認為這是非常幼稚的處理方式。事情根本沒什麼好在意的，可是他還是放不下。我突然覺得有點沮喪。

『本學期，這裡就是雙人房啦！』

不過石井好像很開心。

討厭的事情還沒完。

連和班上同學互道新年快樂的時間都沒有，我就聽到了這則新聞。

『喂，你們聽說了嗎？竹中被捕了耶！』

早晨的教室裡吵吵鬧鬧的。

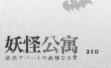

『被、被捕？』

『被捕……他到底是幹了什麼壞事？』

『毒品啦！毒品！』

『興、興、興奮劑？』

這會兒，教室裡完全靜默無聲了。

竹中出現在被人舉發的黑幫毒品糾紛的事發現場，所以就被警方逮捕了。他的衣服口袋裡放有興奮劑，身體也呈現服用興奮劑的反應。好像除了自己服用之外，他還販售給別人。

被退學後，竹中並沒有待在家裡，反而在鬧區閒晃，和更壞的不良團體以及小流氓鬼混。很明顯地，那些傢伙的背後都有黑幫或是國外犯罪集團撐腰。

『就跟小說裡寫的一樣墮落了。』

『原本只是個普通的傢伙而已吧！』

『不知道還回不回得了頭呢？』

因為討厭父母、討厭學校、抗拒社會而變得煩躁厭世，只想破壞。這是每個人都能理解的心情，因此大家都感同身受，覺得『那傢伙』可能只是過去的『我』。

我回想起和那群人一起出現在公寓時的竹中。

那時候，竹中該不會是在對我發出求救訊號吧？他會不會覺得我跟他很像，所以一定能理解他的心情呢？

爸媽都還健在的竹中，是個家境還算富裕的普通家庭的獨生子。因此我一直覺得他那種叛逆行為只不過是天性驕縱而已。也從來不想拿他來和滿懷不滿、不安的自己相比。

但是，如果我的父母都還活著……竹中說不定根本就是我的翻版。倘若能多跟他聊聊，他或許就會懂吧！

事情演變成今天這種地步，再多想什麼都沒有意義。竹中已經走到我的想法和後悔都無法傳遞的地方了。

雖然竹中是已經遭校方退學的學生，可是他因為興奮劑被警方逮捕一事，仍然是折損了就業名校条東商校形象的大事件。校園內還為此喧騰了一陣子。

雪花在農曆正月的天空中飛舞著，就像花瓣一樣。

每天都是飄雪的陰天，也使人打從心裡冷了起來。

雖然電暖爐努力地發出暖氣，英語會話社的社團辦公室裡面仍舊冷得要命。不過可能只是感覺冷而已。

『原來這種心情是會持續的啊……』

我的喃喃自語在寒冷的玻璃窗上染上一層霧氣。

『稻葉，你來看一下這個。這樣子可以嗎？我把小型道具列了表……有漏掉什麼東西嗎？』

沒錯，現在可不是為了莫名其妙的事情發呆的時候。我們得籌備三年級學長、學姊的歡送會才行。英語會話社每年都會招募當地外國人俱樂部成員，辦派對、演出英語話劇。今年的表演節目是『白雪公主』。劇本和演員都由二年級學生負責，我們一年級的則是派對和話劇的幕後工作人員，要四處張羅準備。

不管做什麼、想什麼，時間的潮水還是自顧自地一直向前奔流。

痛苦、哀傷、歡樂，全都被扔向過去，成為回憶。

而歡樂的回憶最是曖昧不明。

彷彿翩翩飛落的雪花。

停在手掌的瞬間，立刻消融、散去。

那一天。

我和田代等幾個英語會話社的同學一起去買話劇要用的小型道具。在雜貨店和專賣派對用品的商店猶豫不決的時候，天色已經完全變暗了。和同學道別之後，我在考慮要不要吃完飯再回去。

『現在回去的話，可能勉強趕得上餐廳的時間吧……』

我一邊思索，一邊在剛下班的上班族們穿梭來往的美食街上行走。

我看見了因為尋歡而喝酒的人、因為工作而喝酒的人，聚集在立飲屋⑲的西裝身影，他們絞盡腦汁從僅有的零用錢當中，擠出能讓今晚開心喝酒的錢。我想，這大概是自己未來的樣子吧！

接著，我突然發現，自己像是被縫在地上似的直直站著。是因為太過疲勞了嗎？我總覺得自己似乎想動也動不了。

『怎麼回事……我怎麼了啊？』

四周景色的移動似乎變得異常緩慢。街上的嘈雜聲，感覺也變得離我好遠。我好像曾經有過這種感覺，又好像……

就在這個時候，一個耳熟的聲音突然飛進我的耳朵裡來。

『哎呀，這裡的酒真是好喝。我愛上這裡了呢！』

『！』

連懷疑自己耳朵的時間都沒有，我反射性地回過頭。

出現在那裡的，是左擁右抱著可愛小姐的佐藤先生。

『佐、佐藤先生！』

錯不了，正是佐藤先生——那套他老是穿著的深藍色西裝，還有細細的眼睛。

『夕士？啊，哎呀——真是好久不見了呢！』

⑲立飲屋就是讓客人站著吃東西、喝酒的店，在日本很常見。

『……！』

我沒認錯人。他還記得我。

『你過得好嗎？住在宿舍裡的感覺怎麼樣啊？房舍是全新的，感覺應該很好吧！你寒假都在做什麼呀？有沒有去滑雪？』

佐藤先生一邊笑著，一邊拍我的背。這個動作立刻讓我想到了秋音。詩人、畫家、小圓和小白、山田先生和琉璃子、骨董商人和龍先生、麻里子……大家的臉孔迅速飛過我的眼前。我猛然覺得思緒澎湃，聲音全哽住了，一句話也說不出來。

『公寓裡的大家也都過得很好哦！他們老是在說「不知道夕士現在過得怎麼樣」呢！』

我沉默地點點頭。感覺好像開口說了什麼的話，眼淚也會跟著流出來。

從那次之後，我再也沒去公寓了。就算打電話也打不通，我和那邊也就此斷了聯絡。所有的事情都變成了遙遠的回憶。我本來以為這樣子就好了，可是這麼做卻讓我寂寞得超乎想像——在看到佐藤先生之後，我確知了這一點。

『課長！』

『快走吧～』

被晾在一旁的兩個小姐嘟起了嘴巴。佐藤先生是大型化妝品製造商『SOIR』的經理課長。這兩個小姐應該是他的屬下吧！

『啊，對不起妳們哦！我今天要和這個孩子去吃飯，改天再跟妳們吃。』

我和兩個小姐都吃了一驚。

『啊～課長，怎麼這樣啊？』

『佐、佐藤先生，沒、沒關係啦！這樣……』

『沒事的，沒事的。反正我一天到晚和她們一起去吃飯。喂，妳們兩個，我會好～好補償妳們的。好不好♪今天就先拜拜！』

小姐們鼓著腮幫子，乖乖地回去了。

『這樣好嗎？會被那兩個人怨恨的哦！』

『沒關係，我可是很守信用的。所以不管我說什麼，她們都會乖乖聽話的。』

佐藤先生挺著胸膛，自信滿滿地斷言說。

『進入SOIR公司二十年，在女性員工之間人氣NO.1的超棒中年人「銀髮的佐藤」就是在下。』

雖然完全看不出來他是銀髮的超棒中年人，不過我想這應該是事實吧！

『宿舍的門禁是幾點啊？』

『啊，十點。』

『好，那就走吧！有間好吃的日本料理店，今天晚上就算我的。』

『是。有勞您了！』

好高興！我真的高興得快要跳起來了。

靠著片刻不離身的水晶擺飾，我才好不容易留住了公寓生活的回憶。那果然不是一場夢。我在那棟公寓生活過的事，那棟公寓裡的人們、妖怪以及發生過的事，全都像雪花一樣搖擺不定，彷彿隨時會消失不見。但是，那都是確實存在的。現在也還在那裡。佐藤先生出現在這裡就是最好的證據；佐藤先生還記得我，就是最好的證據。我真的好高興。

『耶——來了！這裡的黑輪超級好吃的。我可以一連吃上好幾個豆腐呢！』

排在餐桌上的每一道日本料理，都像佐藤先生講的——超級好吃。黑輪、天婦羅、蘿蔔煨雞肉、蛋捲、湯，每一道菜的味道都棒得不得了，高湯的味道也都滲進料理中了。可惜，在宿舍裡是沒有這種功夫和空閒的。

『和琉璃子不相上下吧？』

佐藤先生眨了眨細細的眼睛。我一面回想著琉璃子的手藝，一面認真地吃著。

『自從我進了SOIR公司之後，就習慣來這間店了。啊，老闆娘，來一個綜合生魚片跟蒲燒鰻、芝麻涼拌綜合蔬菜，還有烤雞肉，要加醬汁哦！再來一個拌飯，老樣子～』

『好！』

佐藤先生已經以人類的身分在公司工作幾十年了。進入一個公司工作、離職，然後再進入下一個公司工作。在公司裡時，他就認真地把工作做好，並且隨時小心不要太過引人注目。

他還有妻子。在非得和同事、主管介紹的時候，他就會把長年負責扮演妻子和小孩的妖怪同伴們叫來幫忙。

『我啊，還認～真地做了相簿哦！在高中時代是網球社，從W大學的經營學系畢業之後，和妻子相親結婚。因為是個愛妻子的人，所以還會把妻子和小孩的照片放到電車月票裡面去。你看！』

『哦……哇～』

『妻子的設定是不・能・太・漂・亮・哦。為了不讓同事或上司說「還想再見一面」嘛！』

『原、原來如此。』

我覺得佐藤先生的話既有趣又好笑。

聽到佐藤先生的『自我設定』——和妻子的關係、在學生時代的模樣、和朋友相處的模式——之後，我意會到他似乎比我們這些普通的人『更像人』。學生時代就是要為了人際關係、戀愛，還有未來的出路而煩惱、雀躍；好好度過『青春』之後，老老實實地投入職場，謹慎經營夫妻生活。

舉例來說，這種感覺就好像男扮女裝的人比真正的女人更有女人味一樣。我認為這是理想的『存在方式』。

『佐藤先生為什麼要以人類的身分生活呢？』

對於我的問題，佐藤先生呵呵笑了一下，接著問：

『你看過盧貝松導演的「碧海藍天」嗎？』

『啊？哦，呃，你是說電影嗎？哦，沒有。』

『那～怎～麼～行？你得多看看名作哦！好的電影可是人生的藍圖。』

沒想到竟然從妖怪的嘴裡聽到和電影相關的話題。我真不知道該感到驚訝還是詭異了。

『那部片裡面，主角曾經這麼說過：「我生錯地方了。」聽到這句話之後，我才恍如大夢初醒。』

『……』

『我希望自己生下來就是人類。』

我感到萬分震驚。

『現在的我，一定是生錯種族了吧！』

佐藤先生瞇起眼睛輕聲笑了。

『像普通的人類孩子一樣出生、上學、到公司上班、結婚生子、慢慢老去、死亡……我好希望能經歷看看這樣子的人生。人類在自己有限的時間之內努力生活的身影，真的是非常美麗……我很憧憬。所以即使是模仿，我也想體驗看看。』

『……』

『唔，不過還是沒辦法完全變成人類啦！在人類之中生活是非常有趣的。我要到處奔走，所以可以看到各式各樣的場所、各式各樣的人。』

『……可是也有很差勁的傢伙吧？』

『是啊。不過差勁的傢伙不管在哪一個世界都存在……總有一天，我生命的大限會來臨。到了那個時候，我要找個願意陪我以人類身分生活的女人結婚、生小孩，然後邁向晚年……真希望能這樣呢！』

『……』

『人類真好呢！夕士。』

佐藤先生瞇起了原本就很細的眼睛。

眼前有個這麼努力的生物，真是讓我坐立難安。不知道是不甘心還是羞愧的情

緒，讓我好想找個洞鑽進去。

我沒辦法自以為是地批判竹中或是加賀。存在於每個人身上的缺點，在我身上也同樣找得到——和竹中反目成仇的我、無法和加賀好好相處的我。

『人類……並不是那麼好的……跟佐藤先生所想的不一樣……沒那麼好。』

胸口和腦袋裡都充滿了一大堆思緒，眼淚也快要溢出來了。

『發生什麼事了嗎？』

佐藤先生輕輕地撫著我的背，這樣子的溫柔融入了我的內心深處。隨著不停滴下來的淚珠，我覺得心中的煩躁、不安也全都跟著流逝了。

『討厭的事情……接二連三……我完全不知道該怎麼辦……』

人為什麼這麼沒有用呢？連自己的心也無法維持原樣。

自己的眼睛沒辦法看見自己。該怎麼做，才能老老實實地看待自己呢？該怎麼做，才能好好把持住自我呢？

『人是會隨著時代改變的。改變也沒關係哦！我也改變了啊，不然就沒辦法待在公司裡了。和過去比較起來，驕縱的人類確實是增加了，時代也的確變得晦暗無光。可是，這並不代表著結束哦！夕士。』

佐藤先生的這番話中，藏著龍先生的影子。

『我們很長壽。因此，時間的密度和人類不同。不管什麼事情，我們都是用比較長遠的目光去看的，比人類長遠很──多的眼光。就算現在不好，好的時代也一定會來臨。所有的歷史都是這樣反覆上演的。而創造下一個時代的，就是像你們這樣年輕的孩子。』

佐藤先生拍了拍我的頭。

『缺點也是你們的一部分，可不能輕易捨棄哦！把缺點就這麼放著，你的眼睛才看得見未來，夕士。就是想要變成什麼樣的自己啦，還有想去的地方、想做的事情。做夢的人類，可是有無限可能性的。人類和我們不同的地方就在這裡──描繪夢想，朝著夢想突飛猛進。所以我才會說人類很棒。就算其中包含了惡欲滿盈的罪孽，人類還是會不停地朝著未來進化，而且不斷重複著善和惡。』

我被佐藤先生的笑臉感化了。

『以前，龍先生跟我說過類似的話……』

『什麼嘛，被他搶先一步了！』

佐藤先生拍了一下自己的額頭。

『那傢伙就人類來說，也算是長壽的呢！果然觀點不太一樣。』

『咦？長壽？我以為龍先生才二十四、五歲而已。不是嗎？』

佐藤先生伸出食指，左右搖了一下。

『什麼意思啊？告訴我啦！』

宿舍的門禁什麼的，我已經完全不在乎了。我只想好好跟佐藤先生聊一整個晚上。也好想和龍先生、詩人、秋音他們好好聊聊。

『嗨！』

長谷一如往常地騎著那台摩托車，來到了我們相約的地方。

『幹嘛突然把我找出來啊？』

雖然嘴上這麼說，但是他的表情看起來卻很開心。

『嘿嘿。』

『坐上來吧！要去哪裡？』

『我肚子餓了，帶我去吃點東西吧！』

『搞什麼？這就是你的目的啊？』

長谷一副莫可奈何、又一副嚇一跳的樣子說──因為我從來沒有這麼和他說話過。但是，我想見見長谷。不管做什麼都好，我就是想見見長谷，想和他說說話。

摩托車飛馳了一陣子，二月底的風拂過了我全身上下。的確是寒風刺骨，不過並不是那種會讓人縮成一團的冷。一波波吹來，輕輕跑過全身的寒意，那輕巧的感覺帶著春天的氣息。在奔馳而過的景色中，梅花全都不見了蹤影。

在郊外的家庭式餐廳裡，長谷請我吃了午餐。

吃飯的時候，我把社團要替三年級學長、學姊辦歡送會的事情，全都詳細地告訴了長谷。長谷微笑地聽著。

『你碰上什麼好事了嗎，稻葉？』

單手拿著咖啡的長谷，露出有點嘲弄感覺的溫柔表情。

『新年見面的時候，你看來沒什麼精神，其實我有點擔心。而且你還是沒回信給我。』

哦，對了。長谷寄給我的信現在還堆在書桌的角落呢！

『住在公寓的時候，你明明很開心啊！可是搬到宿舍之後，你好像就變得鬱鬱寡歡了，我還在想你是不是跟其他住宿生處得不好。』

『哦……嗯。跟這個因素也是有點關係啦！』

『可是你今天心情很好啊！明明是別人付錢，你還是吃得津津有味。』

我們淡淡地相視而笑。

因為不想讓和我分開生活的長谷擔心，我才選擇保持沉默的，不過我還是將加賀、竹中等等令人煩惱的事情告訴了長谷。還有那時和佐藤先生見面之後，我得到了勇氣的事。

『跟人生的老前輩談了之後，真是讓我想通了。和自己觀點完全不同的人，提出來的意見果然能讓人增長見識。』

我說完之後，長谷一邊啜飲著咖啡，一邊點點頭。

『因為一群擁有相同想法的人，總有一天一定會垮掉的。』

『嗯……嗯？』

『昨天的新聞有播啊！美國又有宗教團體集體自殺了。』

『啊？所以？』

『所以，你現在說的不就是這個意思嗎？人得從不同的角度思考才行。』

『……』

『如果只有一個價值觀的話，那大概已經連「價值觀」都稱不上了。就是要和各式各樣的價值觀比較，那才叫做價值觀啊！自己的價值觀也是，在和別的價值觀比較之後，才能算是價值觀吧？這樣子才會比較清楚。』

這一瞬間，我突然覺得茅塞頓開。在不知不覺間，我握著叉子的力道大到幾乎要把它弄彎了。

『長谷，你果然很聰明。』

『廢話。』

長谷像以往一樣若無其事地回答。

『原來是這樣……在一群同樣的價值觀當中，是沒辦法認清「價值觀」究竟是什麼的。要仔細看清自己的話，得從不同的地方看才行。』

我安心了。

原本支離破碎的東西，現在全都在一塊兒了。

這些東西變成了一條道路，出現在我面前。那是通往哪裡的路？我覺得自己心裡已經有了答案。

這個學年最後一場期末考試結束的星期日。

學生宿舍的大門口，站著來見我的客人。

『惠理子……?!』

實在是太突然了，把我嚇了一大跳。來見我的人竟然是惠理子。

我曾經和惠子伯母通過兩、三張明信片，不過我真的萬萬沒想到，惠理子居然會來找我。

『到底有什麼事？』

無視於劍拔弩張的我，惠理子有點害羞地說：

『你也真是的，竟然一次也沒回家。中元節和新年的時候都……你難道打算就這樣永遠不回家了嗎？』

被惠理子這麼說，心情還真是十分複雜。

『中元節的時候……我有去掃墓啊！』

我搔搔頭。惠理子瞇起眼睛看著我。

『你是不是變胖了？』

住在公寓的時候，我的營養狀態好得不得了，所以的確是變胖了一點，再加上後來的打工，我覺得自己應該已經變成肌肉男了。

『我是希望妳能說我變得更可靠了啦！』

我笑著說，惠理子也笑了。

她的感覺有點不太一樣，以往那種酸溜溜的態度完全消失了。然而，這麼想的並不是只有我一個人。

『我還是第一次看你笑呢！你的感覺變了好多……』

我們在河濱公園優閒地散步。

今天的陽光很溫暖，空氣中充滿了春天的氣息。有很多人來河濱公園散步。

『這個……』

惠理子從包包裡面拿出一張明信片。那是我住在公寓的時候，寄出的第一張明信片。惠理子開口讀著：

『我每天都過得很快樂。公寓裡負責伙食的人手藝超級好，我過得很幸福。校園生活也很有趣，我加入了英語會話社……』

她的聲音充滿了感慨。

我迷惑了。惠理子究竟想要幹嘛？我完全摸不著頭緒。

『這封信寫得真不錯……感覺得到你真的很開心。』

『是、是嗎？』

『我……在看完這張明信片之後，第一次覺得：「啊，原來夕士也會開心呢！」……』

惠理子苦笑著說。

『這是理所當然的吧？因為你也是個普通的人，一定會覺得開心或是幸福的吧！我連這種事情都沒有發覺……你在那個家裡……那麼不快樂……』

『……』

『對呀，爸媽同時去世，被迫送到那個家裡……怎麼可能快樂嘛！』

『惠理子……』

惠理子停住腳步，轉身面對著我。她好像隨時會哭出來的樣子，肩膀也微微顫抖。

『我知道，你一直在忍耐，替我們著想……那個時候我真的很不高興哦！我也知道你感覺得到。可是那時候我覺得，就算你知道又怎麼樣？我自己也在忍耐對你的不滿啊！』

『嗯。』

『不過我並不是討厭你，只是不想跟你一起生活而已。』

『嗯。』

惠理子身體的顫抖，不知怎麼的像是波浪一樣傳到我這裡來。碰到我的身體之後，就彷彿熱騰騰的岩漿般四散。

『你離開家之後，好像過得很快樂……更讓我意識到，待在家裡的你真的很痛苦吧？一想到這樣，我……只要一想到暑假、中元節、新年，或是接下來的每一天……你大概絕對不會回家來，我……』

我靜靜地握住惠理子捏著明信片的手。在我第一次碰到惠理子的手上，落下了一顆顆的淚珠。

『惠理子。』

『對不起，夕士。對不起……』

海風送來了潮水的香味。

在無限透明的春日裡，海水美得動人。

惠理子老實說出了自己想法。多年來的芥蒂也這麼消失了，令人難以置信。海面上閃爍的光芒，似乎也洗淨了心靈。

我想要好好回應惠理子的心情。這是連自己都不敢相信的真實想法。

如果是以前的我，能夠有這種想法嗎？身為一個人，我真的能找到自我嗎？

在看到竹中、加賀或是同年齡的其他傢伙之後，我希望自己能活得更有人味一點。

現代社會充滿了無聊的事物，麻痺了人的感覺。可是我不想用『這就是現在這個時代』一句帶過。我不想陰沉地看待連結人與人之間的『情』。

而且，佐藤先生和龍先生教導過我，要看向未來。

不管討厭的地方還是不好的地方，全都冷靜地接受，成為遙遠的未來之中，自己想要變成的人。

我想要多發掘自己身為人類的部分。

我想要多磨練自己這個人。

這樣一來，現在這個世界就實在是太枯燥乏味了。

在大樓和大樓的隙縫間，一輪滿月朦朦朧朧地浮現。

帶著某種妖異氣息的春天夜晚。

我在鷹之台東站前面那個小公園裡的長椅上坐下——就跟那個時候一樣。

閉上眼睛，做了一個大大的深呼吸。

緩緩睜開眼睛之後，那間彷彿黏在錄影帶出租店旁邊的小小店面裡，亮著燈火。

我慢慢地走過去，鑽過『前田不動產　有空屋』的招牌下方。

『歡迎光臨。』

戴著圓框眼鏡、頭髮斑白、留著山羊鬍的前田不動產大叔，綻著笑顏迎接我。

然後，我回來了，回到妖怪公寓裡。這次，我可是正式遷入了。

搬家當天，進入玄關之後，我看到華子坐在那裡。

『歡迎回來。』

這是我第一次看到她的樣貌。她留著長長的黑髮，鮮豔和服上印著櫻花圖案。

我挺著胸膛回應她。

『我回來了！華子。』

我曾經覺得，幽靈啊、妖怪這種東西，不管存不存在都跟我沒關係。

但是，現在不一樣了。

我希望它們存在。因為，它們可是一群有趣的夥伴呢！

在想法轉變之後，我的世界一連拓寬了兩、三倍。

我打算今後也一直住在妖怪公寓裡，在這邊的世界好好學習人類的事——這當然包含了自己。待在這邊的世界，可以更了解人類，而且我也想多聽聽龍先生、一色先生、佐藤先生等等人生的前輩說話。

在人生路上遇到障礙時，只要跑一趟那間前田不動產就好了。

前田不動產大叔可能會摳著山羊鬍，這麼對各位說吧：

『妖怪公寓的房間鑰匙，借給你囉！』

YOUNG AGE小說鮮視界！
YA!
青春滿點！活力滿載！好看滿分！

2008年10月～妖怪公寓第二彈！

妖怪公寓 2

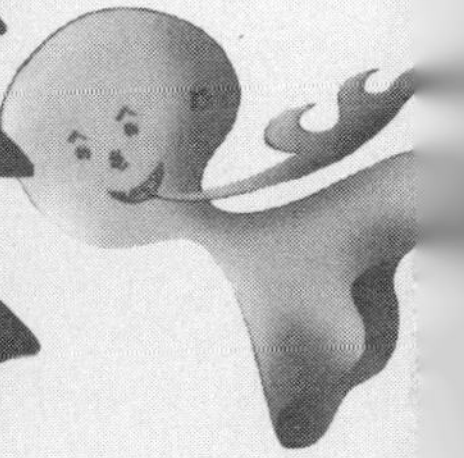

香月日輪◎著　佐藤三千彥◎圖

『就從明天開始吧！』
『啊？開始什麼？』
『提升靈力的訓練啊！要在春假集中特訓哦！』

忙碌的高一生涯正式宣告結束，期待的長長假期終於來臨了。而對稻葉夕士來說，這更是歷史性的一刻！住進學校宿舍半年後，他發現自己很難適應『人類世界』的生活，也超想念壽莊裡那些『怪』得可愛的鄰居們，於是，他決定搬回妖怪公寓！就在夕士搬回來的第二天，另一個房客『舊書商』也旅行回來了。他的小小行李箱裡，卻像無底洞一樣裝了數也數不清的稀有古書，其中有一木書特別奇怪，書裡只有二｜二張塔羅牌圖片，卻沒有任何文字，似乎是因為擁有某種不明的力量，而被『封印』了……

YOUNG AGE小說鮮視界！
YA!
青春滿點！活力滿載！好看滿分！

日本熱門漫畫《閃靈二人組》超強組合
聯手打造的奇幻冒險力作！
◎隨書附贈《閃靈特攻隊》精美原畫海報！

閃靈特攻隊①

青樹佑夜◎著　綾峰欄人◎圖

暗藏陰謀的神秘組織、覺醒的超能力者，
我們的現實世界，正在崩壞……

世界上真的有『超能力者』嗎？這對身為平凡中學生的我而言，簡直是難以置信的事啊！但、但、但，那個出現在我房間的裸體美少女，絕對不可能是幻覺吧？！
什麼？妳說這叫做『靈魂出竅』，是超能力的一種？還說妳和夥伴們正被一個叫做『綠屋』的神秘組織追捕，需要我的幫助？
好吧……心中湧起了平常沒有的膽量。就算真的被幽靈誘惑也無所謂，我的好奇心已經戰勝一切了！可是，在看到她那奄奄一息的夥伴，還有兩個拿槍衝進來的男子之後，我、我可以反悔嗎？這種刺激的生活真的不適合我啊……

YOUNG AGE小說鮮視界！
YA!
青春滿點！活力滿載！好看滿分！

・書封製作中

天才貴公子＋熱血中學生＝？
史上最強冒險二人組，轟動登場！

都市冒險王①

勇嶺薰◎著　西炯子◎圖

這個世界就是這麼奇怪！有像我同班同學龍王創也這樣的富家少爺兼天才，也有像我——內藤內人這種糟糕到不行的普通傢伙。不過更奇怪的是，某個夜裡我竟然看到創也偷偷出現在我面前，而等我想用2.0的超級視力再看清楚時，他卻『咻』地一聲平空消失了！
由於被創也的『瞬間移動』驚嚇過度，為了搞清楚一切，我只得接受他的挑戰！先是得硬擠進寬度只有五十公分的黑暗小巷，再以特殊鑰匙尋找埋伏著陷阱的神秘之門，更麻煩的是——我還得跟著創也進入恐怖的地下水道，一起尋找傳說中的神秘電玩高手……天啊！這麼緊張刺激的冒險生活，我的心臟會不會受不了啊?!

・書封製作中

戀愛經典漫畫《新戀愛白書》
暢銷名家全新青春力作！

窩囊廢

板橋雅弘◎著　玉越博幸◎圖

第一次見面，那個惡女二話不說，就先狠狠賞了我一記右勾拳！好吧，就算我除了手長腳長以外沒有其他『長處』好了，那也不能一開口就罵人是『窩囊廢』啊！雖然我看起來瘦瘦弱弱，真的沒什麼用的樣子啦……可是身為男人，我也是有自尊的！
第二次見面，提著一大袋行李離家出走的她，竟然死賴著我不走！老爸不在家，只有我和她孤男寡女的……難道這就是傳說中『飛來的豔福』?!嗯咳～老實說，能跟這樣可愛的女孩『同居』挺不賴，只不過我還沒搞懂的是……
小姐，妳到底是哪位啊?!

國家圖書館出版品預行編目資料

妖怪公寓①/香月日輪作;佐藤三千彥圖;紅色譯.
-- 初版. -- 臺北市：皇冠, 2008.07 面；公分. --
(皇冠叢書;第3749種 YA！；001)
譯自：妖怪アパートの幽雅な日常1
ISBN 978-957-33-2437-9 (第1冊；平裝)

861.57 97010455

皇冠叢書第3749種
YA！001

妖怪公寓①
妖怪アパートの幽雅な日常 1

《YOUKAI APAATO NO YUUGA NA NICHIJOU ①》
© Hinowa Kouzuki 2003
All rights reserved.
Original Japanese edition published by KODANSHA LTD.
Complex Chinese publishing rights arranged with KODANSHA LTD.
Complex Chinese Characters © 2008 by Crown Publishing Company Ltd., a division of Crown Culture Corporation.
本書由日本講談社授權皇冠文化出版有限公司出版繁體字中文版，版權所有，未經兩社書面同意，不得以任何方式作全面或局部翻印、仿製或轉載。

• 皇冠文化集團網址：
www.crown.com.tw
• 皇冠讀樂Club：
blog.roodo.com/crown_blog1954
• 皇冠青春部落格：
www.wretch.cc/blog/CrownBlog
• 皇冠影音部落格：
www.youtube.com/user/CrownBookClub
• **YA！青春學園：**
www.crown.com.tw/book/ya

作　　者—香月日輪
插　　畫—佐藤三千彥
譯　　者—紅色
發 行 人—平雲
出版發行—皇冠文化出版有限公司
台北市敦化北路120巷50號
電話◎02-27168888
郵撥帳號◎15261516號
皇冠出版社(香港)有限公司
香港灣仔駱克道93-107號利臨大廈1樓
電話◎2529-1778　傳真◎2527-0904
出版統籌—盧春旭
責任編輯—丁慧瑋
版權負責—莊靜君
美術設計—許惠芳
行銷企劃—何曉真
印　　務—林莉莉
校　　對—余素維・邱薇靜・丁慧瑋
著作完成日期—2003年
初版一刷日期—2008年7月

法律顧問—王惠光律師
有著作權・翻印必究
如有破損或裝訂錯誤，請寄回本社更換
讀者服務傳真專線◎02-27150507
電腦編號◎515001
ISBN◎978-957-33-2437-9
Printed in Taiwan
本書特價◎新台幣199元/港幣67元